Reed Isberg

Erzählungen

Band 1

Bibliografische Information der Deutschen Nationalbibliothek: Die Deutsche Nationalbibliothek verzeichnet diese Publikation in der Deutschen Nationalbibliografie; detaillierte bibliografische Daten sind im Internet über dnb.dnb.de abrufbar.

Verlag: BoD · Books on Demand GmbH, In de Tarpen 42, 22848 Norderstedt
Druck: Libri Plureos GmbH, Friedensallee 273, 22763 Hamburg

ISBN: 9783759706287

Inhalt

Die Rückkehr der Glocke 7

Ein fallender Regentropfen 22

Als die Tage heller wurden 33

Wie dem Max und anderen der Kunststoff abhandenkam 41

Die Bienenkönigin 53

Der verlorene Geburtstag..68

Der siebte #Dämon 83

NYSE Deals – Die Seelenhändler...106

Der kleine Zirkus 117

Ameisenbericht 127

Karlheinz und ich 138

Das Zeitlos oder ›Wie ich einmal eine Wurst gegessen habe
und was danach geschah‹ 144

Der Blaualgenmann 147

Das Loch im Eichenwald 154

Das Ende der Welt 168

Warten auf Hänsel 177

Die Rückkehr der Glocke

Die Redewendung ›Die Glocken fliegen nach Rom‹ ist rein metaphorisch und hat keine wörtliche Bedeutung. Abseits christlicher Osterfeierlichkeiten wird sie gelegentlich verwendet, um auf eine unerwartete Wendung, eine große Überraschung oder eine ungewöhnliche Veränderung in einer Situation hinzuweisen. Es sei vorab ausdrücklich darauf hingewiesen, dass Glocken nicht fliegen können.

Im masurischen Nikolaiken war das ein wenig anders. Die Glocke der Pfarrkirche Unserer Lieben Frau vom Rosenkranz flog, genau wie es Pfarrer Joseph Schnack den Kinderchen im Kommunionsunterricht erläutert hatte, während der Abendmahlmesse am Gründonnerstag nach Rom, um den Segen des Papstes für das Osterfest zu holen. Das ganze Jahr über hatte der Pfarrer keine Verwendung für den Papst, aber für diese Geschichte musste der fromme Mann im fernen Rom herhalten, damit sie glaubwürdig erschien. Joseph Schnack zelebrierte auch keinen anderen Gottesdienst und insbesondere die liturgische Weihe von Brot und Wein durch Verwandlung in Leib und Blut Christi mit solcher Inbrunst und Überzeugungskraft, wie in dieser Abendmahlmesse – und, ja gut, dann auch noch in der Osternachtsfeier, denn Ave Maria, wie das Glöcklein da oben genannt wurde, war ihm ein besonderes Anliegen in der Weltordnung, um die es seiner Meinung nach schlimm bestellt war. Bei umfangreicheren Gottesdiensten pflegte Schnack seine Predigten zeitlich so zu bemessen, dass er zur Wandlung exakt nach einer Stunde kam. Er nutzte dazu seine Armbanduhr in der Weise, dass er den Wortgottesdienst so erweiterte oder verkürzte, jedenfalls so zeitgerecht abschloss, wie es die weitere Liturgie erforderte. Zunächst also wurde das Hanc igitur durch ein Glockenzeichen angekündigt. Manche der älteren Teilnehmer waren zu ihren Kinderzeiten überzeugt gewesen, dass es reicht, bei diesem Zeichen in der Kirche zu sein, und das erste Läuten wäre so etwas wie das Klingeln in der Schule: Jetzt aber rein! Die Kinderchen heute wussten es besser und vernahmen andächtig, wie sich der Priester über das Brot beugte und die Worte sprach: »Hoc est enim corpus meum, quod pro vobis tradetur.« Danach hielt er recht glaubhaft nicht mehr Brot in den Händen, sondern den geopferten Leib Jesu. Oben schlug Ave Maria zum zweiten Mal. Sodann beugte sich Pfarrer Schnack über den echten Kelch und sprach die Worte: »Hic est enim calix sanguinis mei novi et aeterni testamenti, qui pro vobis et pro multis effundetur in remissionem peccatorum.« Ave Maria schlug zum dritten Mal und alle Kinderchen konnten sehen, wie der Priester jetzt richtigen Wein trank. Sie glaubten es gar von ihrer Bank aus ungeprüft, denn Bobbele, der Messdiener, hatte ihnen vor geraumer Zeit gesteckt, dass der Pfarrer schon mehrere Flaschen Wein hinten in der Sakristei abgefüllt hatte, die er auf diese Weise hergestellt hatte. Wie dem auch sei, nachdem der Pfarrer alles Nötige verwandelt hatte, war von Ave Maria nichts weiter zu vernehmen. Das fiel aber erst auf, nachdem der Gottesdienst beendet war, denn weder hatte Kanton Ungefug zum Abschluss seine Orgelkünste präsentiert noch begleitete Glockengeläut die Gläubigen beim Verlassen des Gotteshauses. Mit einem letzten Blick auf den Kirchturm vergewisserten sich die Kinderchen, dass die Glocke nun auf ihrem segenholenden Weg nach Rom war, wenngleich das Geläut hinter den schräg stehenden Brettern noch von keinem ihrer Augen je gesehen worden war.

Ave Maria kehrte zur Osternachtsfeier zurück, als der Gottesdienst wie jedes Jahr am Ostersamstag um 22 Uhr begonnen hatte. Pfarrer Joseph Schnack brachte es alljährlich trotz seines fortgeschrittenen Alters fertig, die Feierlichkeiten auf gut eineinhalb Stunden auszudehnen, weshalb von vornherein auf die Mitnahme von Kinderchen verzichtet worden war, auch wenn sie noch so drängten und quengelten, weil sie sehen wollten, wie Ave Maria von Süden her einflog und in ihr Nest zurückkehrte wie ein Zugvögelchen. Aber es war ja dunkel in der Osternacht. Sie würden Ave Maria schon noch zu hören bekommen. Ave Maria kehrte allerdings zur Osternachtsfeier nicht so pünktlich zurück, als dass sie gegen 23 Uhr ihre drei Glockenschläge zur Wandlung hätte abliefern können. Vielleicht hatte sie sich unterwegs verflogen oder sich in ihrem Nest zuerst einrichten und herausputzen wollen, jedenfalls trat sie ihren Dienst nicht wie vorgesehen an, was nicht nur Joseph Schnack bei der Konsekration von Brot und Wein zur Anhebung seiner Augenbrauen brachte, sondern auch unter den Mitgliedern der feiernden Kirchengemeinde Irritationen dergestalt hervorrief, dass einige Köpfe sich drehten, andere sich nach oben richteten, wo auch unter normalen Umständen keine Glocke zu erblicken gewesen wäre. Der Priester brachte sein frommes Werk tapfer zu Ende und beim Hinaustreten in die kühle Nachtluft vernahmen die Schäfchen immerhin die feierlich-getragenen Klänge von Kanton Ungefugs Orgelpfeifen, sodass nicht zuletzt auch aufgrund fortgeschrittener Müdigkeit kein weiterer Anlass zum Grübeln über die leichte Abwandlung der Liturgie bestand. In dem kleinen Städtchen waren die Wege kurz genug, dass ein jeder um Mitternacht zu Hause, wenn nicht schon eingeschlafen war. Um Punkt 24 Uhr schlug

Ave Maria einmal und danach in bestimmtem Abstand noch zweimal ihren Klöppel gegen ihre bronzene Seite zum Zeichen der Wandlung.

Tag 1 nach Rückkehr (Ostersonntag)

Um Punkt ein Uhr schlug Ave Maria genau 24 Mal ihren Klöppel gegen ihre bronzene Seite und damit begann die eingangs erwähnte ungewöhnliche Veränderung in Nikolaiken, die allerdings, da alle Einwohner schliefen, zunächst weder Aufmerksamkeit erfuhr noch Auswirkungen zeitigte. Der erste, der eine Veränderung verspürte, war der Bäcker Szymon Kowalczyk. Eigentlich fiel sie ihm gar nicht auf, sondern er trottete zunächst seinem Tagesablauf wie gewohnt entgegen. Selbstverständlich musste er seinen Wecker im Dunkeln nicht lange betrachten, um zu wissen, dass es zwei Uhr war, denn er hatte das Instrument vor vielen Jahren auf zwei Uhr eingestellt und stand seither jeden Morgen um zwei Uhr auf, wenn und weil es klingelte und zuweilen auch ohne dieses Geräusch abzuwarten, weil es eben Gewohnheit war. Heute ließ er es länger klingeln und wäre gern noch liegen geblieben. Ave Maria tickte derweil anders, sie hatte nur einmal geschlagen, als es zwei Uhr war, was für den Bäcker Kowalczyk natürlich nicht zu vernehmen war, denn sein Wecker auf dem Nachttisch war viel näher und lauter als das Glöcklein im fernen Turm. So kam es, dass Szymon Kowalczyk heute schon kurz nach ein Uhr sein Handwerk begann und sich erst wunderte, als die fertigen Roggenmischbrote bereits den Ofen verließen, während es draußen noch stockdunkel war. Gestern war es am Ende der Backzeit gegen sieben Uhr draußen allmählich hell geworden und der Brötchenjunge zum Dienst erschienen. Heute aber erschien weder der Gehilfe noch irgendein früher Stammkunde. Endlich nahm Kowalczyk einigermaßen erstaunt wahr, dass im Hof der Hahn krähte, was dieser recht zuverlässig immer um sechs Uhr tat, jedenfalls um diese Stunde herum, gleichgültig ob die Sonne schon aufgegangen war oder nicht. Still beschloss der Bäckermeister, seinen irrtümlich frühzeitigen Arbeitsbeginn für sich zu behalten und sein Weckinstrument später höchstselbst einer peinlichen Untersuchung zuzuführen. Hernach klärte ihn allerdings sein Frauchen, Zuzanna Kowalczyk, darüber auf, dass es Ostersonntag war, womit man wohl trefflich erklären könnte, dass weder Brötchenjunge noch Kunden heute seine frischen Waren erwarteten. Somit war für den Bäcker Kowalczyk die Untersuchung seines Weckers einstweilen obsolet geworden.

Für heute ließen sich leichthin dutzende ähnlicher Fälle von Verwunderung beschreiben, die zu nichts weiter führen würden, als dass folgendes feststand: Seit der Rückkehr der Ave Maria aus Rom war in Nikolaiken die Zeit verstellt. Was immer Ave Maria anschlug, es war die Stunde, nach der sich alle Uhren in dem Städtchen richteten. Da die zurückgekehrte Glocke also den Takt setzte, war es in ganz Nikolaiken fortan zu jeder Zeit eine Stunde früher als gestern. Am Tag des Osterfestes machte sich nur Pfarrer Joseph Schnack Gedanken darüber, ob die Kirchenglocke in Rom gewesen war, um sich den Segen des Papstes für das Osterfest zu holen, oder ob sie vielleicht unterwegs von einer anderen höheren Macht angefallen war, durch die sie in die Lage versetzt wurde, Eingriff in den örtlichen Alltag zu nehmen. Die übrigen Nikolaiker registrierten wohl eine Zeitverschiebung, fanden sich jedoch damit ab, dass am Ostersonntag die reguläre

Darmperistaltik ebenso früher einsetzte wie die körperlichen Bedürfnisse nach Speis und Trank. Am Feiertag war die Uhrzeit nicht so wichtig und ein jeder beging den dienst- und schulfreien Tag in Ruhe und Gelassenheit, allenfalls in einer kurzen Überlegung dahingehend mit der Zeit beschäftigt, ob es wohl ein Schaltjahr und wie herum nun zu rechnen sei, in der Feiertagslaune dabei außer Acht lassend, dass es einerseits beim Schaltjahr um einen ganzen Tag ging und andererseits die Umstellung auf die Sommerzeit eine ganz andere Sache war. Ave Maria schlug 8 und 12 und 20 Uhr und in Nikolaiken standen alle Uhren auf 8 und 12 und 20 Uhr.

Tag 2 nach Rückkehr (Ostermontag)

Auf die österliche Zeitverschiebung hätten sich die Nikolaiker wohl ebenso einstellen können, wie auf die regelmäßige Umstellung von Winter- auf Sommerzeit. Die einzige Besonderheit bestand darin, dass die Uhren nicht umgestellt werden mussten, sondern von sich aus die Stunde anzeigten, die Ave Maria ihnen vorgab. Einige politisch engagierte Stadtbewohner hielten es auch nicht für ausgeschlossen, dass die Regierung per Dekret eine neue Zeitrechnung eingeführt und umgesetzt habe, ohne die Bevölkerung über ihre Entscheidung zu unterrichten. Indessen ging auch der Ostermontag vorbei, ohne die allgemeine und die öffentliche Ordnung ernsthaft zu stören.

Das aber änderte sich in der Nacht zum Ostermontag. Vom schlafenden Volk in Nikolaiken unbemerkt, schlug Ave Maria nicht nur erst um 1 Uhr genau 24 Mal, sondern hinzukommend um 2 Uhr gar 25 Mal, was – wie man sich leicht vorstellen kann – für jede Uhr eine beachtliche Herausforderung darstellte. Die Nikolaiker Uhren behalfen sich bei diesem Umstand damit, für eine Stunde auf 24 zu verharren, denn eine 25. Stunde war bei keiner von ihnen vorgesehen. Folgerichtig sprangen sie um 3 Uhr, als Ave Maria endlich eins schlug, von 24 auf 1. Ein solcher doppelter Umstand in der Zeit musste nun tatsächlich für größere Verwirrung sorgen als die bloße Zeitverschiebung um ein Stündchen. Es war aber zunächst nur ein Mensch in Nikolaiken wirklich skeptisch geworden, was die Stunde geschlagen hatte, nämlich Pfarrer Joseph Schnack. Gegen Sonnenuntergang hatte er angefangen, die Glockenschläge zu zählen und zur vollen, noch einigermaßen hellen Stunde 19 Schläge gezählt, wohingegen doch die Sonne vor etwa einer Woche ziemlich genau um 20 Uhr und in den letzten Tagen zunehmend noch etwas später untergegangen war. Hatte sich das Himmelsgestirn verschoben? War die Erde verdreht? Hatte er sich verhört oder falsch gezählt? Pfarrer Schnack ermittelte und notierte die nachfolgenden Glockenschläge; immer war es ihm einer zu wenig. Als es nach seiner anfänglichen Zeitrechnung Mitternacht sein sollte, stand er mit einer Lampe vor der Pfarrkirche Unserer Lieben Frau vom Rosenkranz, beobachtete scharf die Kirchturmuhr und lauschte angestrengt der Ave Maria. Tatsächlich hörte er 23 Schläge und sah sowohl die Kirchenuhr als auch seine Taschenuhr auf 23 stehen. Eine Stunde später stand der Pastor wieder vor der Kirche, hörte 24 Schläge und sah beide Uhren auf 24 stehen. Da nun alles sich so bestätigte, wie er es schon kannte, wandte er sich ab, um sein Nachtlager aufzusuchen, blieb nach der Abendtoilette doch kopfschüttelnd vor seinem Wecker stehen, der nach wie vor auf 24 stand, genau wie auch die Zeiger seiner Taschenuhr sich nicht weiter bewegt hatten, seit Schnack seinen Beobachtungsposten verlassen hatte. ›Jesusmaria‹, dachte der fromme Mann, ›da muss aber doch etwas repariert werden‹, wobei er in diesem Moment noch in erster Linie seine persönlichen Uhren meinte. Bloß weil mit diesem Gedanken und dem Zählen von Stündchen statt Schäfchen schwerlich einzuschlafen war, kam er in die Lage, die Glockenschläge zur nächsten vollen Stunde zu hören. Der müde Pfarrer hätte jetzt einen einzigen verspäteten Glockenschlag erwartet, denn auch wenn Ave Maria verspätet schlug, kam immerhin nach der Stunde 24 die Stunde 1 des neuen Tages. Aber was? Der Gedanke an zwei Uhr normaler Zeit war gar nicht zu Ende zu führen im anhaltenden Glockengeläut, welches Schnack nun vernehmen musste. Das war weiß Gott mehr als ein Glockenschlag, es waren derer noch einmal 24 dazu. Hatte er richtig mitgezählt? Hatte Ave Maria 25 Mal geschlagen oder mehr oder weniger? Der Wecker jedenfalls stand nun endlich auf 1, wo er leidlich hingehörte und Joseph Schnack war nicht länger in der Lage, sich wach zu halten. Mochte der Uhrmacher aus Lötzen Morgen nach dem Uhrwerk sehen.

Tag 3 nach Rückkehr (Dienstag)

Dieser Tag war anders als der Vortag, noch anderser als der Vorvortag und am andersten als alle Tage davor. Unwillkürlich wie eine Naturgewalt, deren sich die Menschen nicht entziehen können, sagen wir ein Erdbeben oder ein Vulkanausbruch, was zugegebenermaßen in Nikolaiken nicht oft der Fall war, so unwillkürlich jedenfalls erfuhr das kleine masurische Städtchen eine Anwandlung von Anarchie, bloß weil die Glöcklein und die Ührchen neuerdings anders tickten. Ein jeder begann, nach seiner Art zu leben, gewissermaßen nach seiner eigenen Uhr zu laufen. Manche hielten sich genau an die neue Uhrzeit, weil eben ihr eigenes wie jedes andere ersichtliche Zeitmessgerät diese nun einmal anzeigte und sie also gehorsamst zu befolgen war. Zum Beispiel Bürgermeister Zielinski, der wie stets in allen Amtsjahren zuvor pünktlich um 8 Uhr alter Zeitrechnung im Amt erschien, heute also schon um 5 Uhr neuer Zeit. Kacper Zielinski war klar, dass ein langer Tag vor ihm lag, denn er hatte die feste die Absicht, wie stets bis 18 Uhr amtlicher Zeit im Amt zu bleiben, auch wenn die Sonne ihm einen Streich zu spielen schien und er kurzzeitig irritiert am frühen noch dunklen Morgen seine Amtsstube be- und seinen Amtsdienst antrat. Ob er in diesem Amt bleiben würde, war indessen nicht so klar, denn schon um 7 und noch mehr um 8 Uhr neuer Zeit versammelte sich eine zunehmende Menge von Personen vor dem Rathaus mit Plakaten wie ›Keine Diktat-Uhr in Nikolaiken‹ und Rufen wie ›Nieder mit der Amtsuhr‹. Kacper Zielinski kannte die immergleichen Protestler, die gegen alles und für nichts waren, weshalb er keinen Pfifferling auf das Gebrüll gab, sich lieber der Herausforderung widmete, wie eine ordentliche Amtsführung quasi zeitlos zu bewerkstelligen sei. Als erste Amtshandlung an diesem Morgen erfand der Bürgermeister die masurische Heimarbeit, und zwar nicht nur für Amtsbedienstete (in Nikolaiken waren nahezu alle Dienste amtlich), sondern auch für freie Bauern, Geschäftsleute, Wirte und ähnliche Zünfte, die gemeinhin ohnedies ihre Arbeit in ihrem Heim oder nicht weit davon verrichteten. Die entsprechende Anordnung sollte später, wenn sich der Pulk verflüchtigt hatte, draußen am Amtsbrett angeschlagen werden.

Inzwischen ereignete sich folgendes: Jakub Zattopek, der werktäglich den Frühbus nach Lötzen pünktlich um 8 Uhr startete, obwohl er keine Uhr besaß, und dabei die Post mitnahm, erschien wie immer nach Gefühl und beendeter Nachtruhe einigermaßen pünktlich im Amt und wies den Bürgermeister auf den Umstand hin, dass es auf dessen großer Amtsuhr hinter dem großen Amtstisch kurz nach 5 und im Übrigen die Poststation unbesetzt sei – was er denn tun solle. Kacper Zielinski gebot gleichermaßen als Mann des Volkes, des Staates und der Tat, einen pünktliche Start und so fuhr der gehorsame Zattopek seinen komplett leeren Autobus ohne Post und ohne Fahrgäste die anderthalb Stunden nach Lötzen und kehrte ebenso gehorsam wieder zurück, ohne mit seiner Fahrt irgendeinen Zweck erfüllt zu haben.

Was es dem Pfarrer Joseph Schnack sehr erschwerte, den Uhrmacher Jakub Woyzeck aus Lötzen brieflich um baldestmögliche Reparatur des Kirchenuhrwerks Unserer Lieben Frau vom Rosenkranz zu ersuchen. War von Jakub Woyzeck schon in normalen Zeiten ein Notdienst allenfalls nach Tagen zu erwarten, so war unter den gegebenen Umständen absehbar, dass Ave Maria noch eine ganze Weile ihren verdrehten Spuk weiterbetreiben würde.

Um ungefähr 8 Uhr gewohnter, also eher gefühlter Uhrzeit erschien auch der Lehrer Bartosz Bobbel zum Dienst im Schulhaus, heute also schon um ungefähr 5 Uhr. Bartosz Bobbel hatte sich überhaupt nicht um eine Uhrzeit geschert, für ihn waren, genau wie für Jakub Zattopek und viele andere Nikolaiker, die Sonne und der eigene Leib die Maßstäbe für den Tagesrhythmus. Am Gründonnerstag war es hell gewesen um sieben, am Pult hatte er um acht gestanden. So auch heute, allerdings mutterseelenallein im künstlich erleuchteten Schulraum. Bartosz Bobbel nutzte die Zeit, um alle fehlenden Schüler ins Klassenbuch einzutragen. Er ging so weit, die von ihren Eltern entsprechend der ihnen angezeigten Uhrzeit geschickten Zöglinge um elf Uhr noch einmal sämtlich ins Klassenbuch einzutragen, diesmal als erheblich verspätet. Nichtsdestotrotz wurden die verwunderten Schüler bereits nach zwei Unterrichtsstunden wieder glücklich entlassen, denn für Lehrer Bobbel war die Schule wie jeden Tag um 13 Uhr beendet und die nahe Kirchenglocke hatte soeben 13 mal geschlagen. Auch ein Lehrer lernt täglich dazu.

Tag 4 nach Rückkehr (Mittwoch)

Unscharf war es um den Fall des alten Schmieds Krzysztof Schmiedcz bestellt, dessen letztes Stündlein in der Nacht auf Mittwoch schlug, just in dem Moment, wo er sich seiner Miktionsfähigkeit noch einmal dringlich zu vergewissern suchte. Er scheiterte, es kam nichts, und nachdem sein Frauchen Edwiga Schmiedcz ob des Poltergeräuschs aufgewacht war und ihn am stillen Ort still verstorben vorfand, war es dem nächtlich herbeigerufenen Medikus Dr. Schwanka schwer möglich, eine genaue Todesstunde zu bestimmen, denn bevor er das Haus des Schmieds betreten hatte, waren 24 Glockenschläge zu vernehmen, als er das Haus wieder verließ, noch einmal in etwa so viele. Genau hatte er nicht mitgezählt, aber wenn es zweimal Mitternacht geschlagen hatte, wäre er keine Minute im Haus gewesen und hätte in Nullkommanichts eine Leichenschau durchgeführt, was ihm nicht nur rekordverdächtig, sondern auch unbotmäßig erschien. Er einigte sich hilfsweise auf Mitternacht als Todeszeitpunkt, was seine Taschenuhr auch hergab. Allein, nachdem er zuhause wieder in sein Bett gekrochen war, kam er schlecht in den Schlaf und stand nach zwei Stunden gerädert wieder auf, weil es draußen hell wurde.

Etwa zur Zeit des Erwachens des Dr. Schwanka erwachte auch Posthauptwart Michal Krol um 6 Uhr der Neuzeit durch seinen Wecker, den er gestern dummerweise nicht angeschaltet hatte, was ihm einen peinlichen Ruf bei Jakub Zattopek eingebracht hatte, welcher ohne Post pünktlich nach Lötzen gefahren war. Heute also zeigte sein Wecker 6 und rappelte auch ordentlich für 6. Posthauptwart Michal Krol zog sich an, frühstückte und war heute schon um 7 statt 8 Uhr in seinem Postamt, um die Frühpost für Lötzen herzurichten und die Post von gestern dazu, die noch im Nikolaiker Postamt verblieben war. Doch, was soll man dazu sagen: Jakub Zattopek, der werktäglich den Frühbus nach Lötzen pünktlich um 8 Uhr seiner natürlichen Zeit startete, war auch heute schon ohne Post abgefahren und das, wie Posthauptwart Krol von Bürgermeister Kacper Zielinski mit tadelndem Unterton erfahren musste, bereits vor drei Stunden.

»Potzblitz«, entfuhr es dem Posthauptwart, »wann muss man denn hier die Post fertig haben, damit der werte Herr Zattopek sie endlich auch einmal mitnimmt?«

»Um 8 Uhr wie immer«, war die lapidare Antwort, mit der Bürgermeister Zielinski den Postbediensteten ratlos stehen ließ.

Wie manche andere Kurzgeschichte ließe sich auch diese zu einem längeren Roman ausdehnen, doch steht es einer Kurzgeschichte nicht an, jeden einzelnen Fall, und sei er noch so erwähnenswert, aufzuzählen, der in solch denkwürdiger Situation zu schildern möglich wäre. Kommen wir also zu einem Ende. Es wäre nämlich auch verwunderlich gewesen, wenn nicht dem einen oder anderen halbwegs gebildeten Nikolaiker aufgefallen wäre, was hier zeitlich seit der Osternacht vorging, nämlich, dass Ave Maria täglich um eine weitere Stunde nachging und obendrein noch eine 25. Stunde erfunden hatte, während der die Zeiger ruhten. Und alle Uhren der Stadt folgten ihr in diesem ungehörigen Treiben.

Es war für Pfarrer Joseph Schnack klar, dass nur der Uhrmacher Jakub Woyzeck aus Lötzen die Ave Maria zur Räson bringen könnte und dieser kam endlich am Mittwoch gegen 8 Uhr mit dem Frühbus, den Jakub Zattopek gehorsam durch die Dunkelheit nach Lötzen und mit Sonnenaufgang wieder zurück nach Nikolaiken gelenkt hatte. Der Uhrmacher Woyzeck stieg unausgeschlafen hinauf in den Glockenturm, fand im Räderwerk nichts ungewöhnliches und kletterte nach dem achten Glockenschlag gehörig betäubt hinaus zur Turmuhr Unserer Lieben Frau vom Rosenkranz, wo er sich unversehens mit dem Hosenbund hinten am großen Minutenzeiger verfing dergestalt, dass sich das vergoldete Kupferblech in der Mitte zu biegen begann, sodass der Zeiger bis zu seiner Mitte auf 12 Uhr und mit seinem spitzen Ende auf 3 Uhr zeigte, während sich der kleine Stundenzeiger zu bewegen begann, bis er auf 12 zum Stehen kam. Hätte der geknickte Zeiger sich auch nur wenige Minuten weiterbewegt, wäre der tapfere Mann unweigerlich davon abgerutscht und in die Tiefe gestürzt. Durch Gottes, Ave Marias und Unserer Lieben Frau vom Rosenkranz Gnaden blieb ihm dieses Schicksal erspart, der Zeiger blieb im rechten Winkel. Für den Moment war keine Bewegung mehr festzustellen noch ein Glockenschlag zu vernehmen, als ob sich Ave Maria innerlich sammelte, um eine neue Zeitrechnung auszuhecken. Wir zuvor hatten sich in diesem Moment alle Uhren Nikolaikens wieder auf die Kirchglocke eingestellt wie moderne Funkuhren auf den Zeitzeichensender, will sagen, dass ihre Minutenzeiger mittendurch abknickten und einen rechten Winkel bildeten, mit dem nichts rechtes anzufangen war. Es dauerte eine knappe Stunde, bis die Feuerwehr den armen Woyzeck aus seiner misslichen Lage befreit hatte. Als ob es einer irdischen Gewalt unbedingt bedurft hätte, hatte der gebeutelte Jakub Woyzeck immerhin seinem Handwerk alle Ehre gemacht. Denn nun geschah das wirkliche Wunder von Nikolaiken vor den Augen und Ohren der Umstehenden. Ave Maria schlug genau 13 Mal, die Turmuhr zeigte mit dem Stundenzeiger auf 13, mit der inneren Hälfte des Minutenzeigers auf 12 und mit der äußeren Hälfte auf 3. Im Weiteren stellte sich heraus, dass fortan alle Uhren in Nikolaiken wieder die korrekte Uhrzeit angaben, wenn auch mit genicktem Minutenzeiger. Aber das war den Nikolaikern allemal lieber, als in eine zunehmende Zeitkatastrophe zu geraten.

Die Sache mit dem geknickten Zeiger regulierte sich nach einem Jahr übrigens von selbst, denn Pfarrer Schnack ließ die Ave Maria vor der Abendmahlmesse am Gründonnerstag ordentlich mit Stricken befestigen, so dass sie nicht läuten und zugleich auch nicht nach Rom fliegen konnte. Ave Maria schien darüber nicht amüsiert, denn sie warf zum Hanc igitur den geknickten Minutenzeiger vollends ab und alle Ührchen der Stadt taten es ihr gleich. Der Vorfall wurde als masurische Solidarität regelrecht gefeiert und niemand in Nikolaiken störte sich an den Ein-Zeiger-Uhren, wie sie auch heute noch existieren als entschleunigende Armbanduhren, als Tisch- und Taschenuhren oder als Turmuhren, wie zum Beispiel am Rathaus in Lenzen, am Turm der Stadtkirche St. Michael in Jena oder der Kirche St. Martin in Baar oder der St.-Jacobi-Kirche in Wiegersdorf, am Obertorturm in Aarau oder am Berntor in Murten oder bei der Monduhr am Turm der Liebfrauenkirche in Bielefeld und an vielen Kirchen in aller Welt. Und an der St. Jakobikirche in Lübeck, wo am 19. Februar 2019 – genau wie damals in Nikolaiken – der Uhrzeiger auf den Kirchvorplatz gestürzt ist.

Ein fallender Regentropfen

Hallo, mein Name ist Tom. Meine Freunde nennen mich »Major Tom«, nicht nur wegen ›Tom‹, auch wegen ›völlig losgelöst von der Erde‹. Dabei sind sie genauso losgelöst. Wir sind alle so. Normalerweise spreche ich wässrisch, aber wenn Sie lieber Deutsch lesen, kann ich auch das.

Hier oben war ich noch nie. Genau hier über Hamburg: Breitengrad 53.550341, Längengrad 10.000654, Höhe 232 Meter. Ich kann hier noch nie gewesen sein, keiner von uns kann das, jedenfalls ist es sehr, sehr, sehr unwahrscheinlich. Wenn wir einmal in der Troposphäre sind, bewegen wir uns in einer Höhe von bis zu 17 Kilometern über der Erde. Und das im Raum über die ganze Erde verteilt, also über 510 Millionen Quadratkilometer mal 17 Kilometer hoch, sagen wir grob gerechnet: In einem Raum von 8,7 Milliarden Kubikkilometern. Jetzt bin ich aber nicht einen Kubikkilometer groß, sondern nur 1 Kubikmillimeter, in einen Kubikkilometer passe ich 10×1017 Mal hinein. Mit meiner Größe könnte ich Knirps nach meiner schnellen Kopfrechnung demnach an 8,7×1027 verschiedenen Punkten in der Luft sein. Das kann nachrechnen, wer will, mir ist das egal, ich kann es sowieso nicht ändern, wo ich gerade bin und schwupp, während ich hier so philosophiere, bin ich schon einige Meter weiter. Das GPS zeigt schon wieder neue Daten. Dabei ist dieser Stratus noch eine langsame Wolke, fast wie Hochnebel kleben wir hier über der Stadt. Wir müssen uns ein bisschen unterhaken, wenn wir nicht runtertropfen wollen. Ich würde gern noch ein wenig weiter fliegen und sehen, was da hinten auf dem Meer passiert. Es ruckelt schon. Oder ist das der Heini neben mir? Ich nenne ihn Heini, die anderen sagen Heinz zu ihm, aber mir ist der nicht so angenehm, ein Heini halt. Der wird immer dicker, wahrscheinlich hat er irgendwelche Kondensationskeime aufgenommen oder so, aber dazu später mehr. Eigentlich wollte ich sagen, dass der Heini eben noch meine Größe hatte, also ungefähr 1 bis 2 Millimeter. Aber jetzt ist er dick und das kam plötzlich oder langsam, das kommt nicht so genau, weil wir mit der Zeit nicht viel am Hut haben. Für Sie ist es vielleicht zwei Minuten her, dass Sie diesen Absatz zu lesen begonnen haben, für mich ist es einerlei, ob Sie für den Absatz eine Woche oder eine Millisekunde brauchen. Wenn Sie fertig sind, sind Sie eben fertig. Und hier beende ich den Absatz.

Zurück zum Stratus: Unsere Wolke ist völlig strukturlos und besteht nur aus uns oder wenn Sie es so gestelzt lesen wollen: ›Aus feinen Wassertröpfchen‹. Außer dem Heini neben mir, der ist kein feines Wassertröpfchen mehr, der ist ein Tropf. Die Kollegen, ach übrigens, wenn wir uns Männernamen geben, denken Sie sich nichts dabei, wir sind einfach divers und müssen nicht gendern und wir pflanzen uns sowieso nicht geschlechtlich fort, wie Sie das vielleicht tun; also meine Kollegen, wie dick die sind, kann ich nur für meine Nachbarn sagen, die anderen sind weiter weg und welche sind dazwischen und davor, so dass ich die nicht sehen kann. Das ist eigentlich ganz aufregend, denn man weiß als einzelner Tropfen im Verband nie, was gleich passiert, weil man es nicht kommen sieht. So wie jetzt. Gerade passiert etwas. Dauernd passiert etwas in unserer Wolke, die man sich nicht vorstellen muss, wie ein gezeichnetes Watteböllchen, unten gerade und oben mit vier oder fünf Hügeln, nein, wie gesagt ist ein Stratus strukturlos, diffus, nicht exakt begrenzt und in sich doch sehr unterschiedlich. Die Wolke selbst ist ein Thema für sich. Wann und wie es genau zur Wolkenbildung kommt, was exakt passieren muss, damit aus der Feuchtigkeit der Luft eine Wolke zu entstehen beginnt, das ist für die menschliche Wissenschaft immer noch ein Geheimnis. Für mich ist wichtig: Wenn oben in der Wolke, die nun schon einmal da ist, etwas passiert, bekommt man das in der Mitte nicht mit und unten noch viel weniger. Aber hier an der unteren Grenze ist ein Seewind aufgekommen. Eben dachte ich noch, wir treiben auf die Nordsee zu, stattdessen bläst uns ein erstaunlich kühler Luftstrom zunehmend landeinwärts die Elbe hinauf Richtung Geesthacht. ›Auch eine schöne Reise‹, denke ich mir und betrachte das kleine Naturschutzgebiet ›Kiebitzbrack‹ von oben ganz nah, denn wir sind deutlich gesunken, vermutlich unter 100 Meter, so dass ich die Schilfröhrichte sehr deutlich sehen kann, daneben Kalmus und Seggen zwischen dem Erlenbruchwald. Du meine Güte, geht das tief runter, wir müssen uns fester unterhaken. Im Dunst hat es der dicke Heini jetzt schwer, ich fürchte, wir müssen ihn besonders unterhaken und mit vereinten Kräften etwas nach oben schieben, obwohl es da kälter ist und wenn er kondensiert, wird er nicht mehr zu halten sein. Eigentlich ist es mir egal, was aus dem wird, ich bin ich und ich schaue mir jetzt die Vögelchen da unten aus nächster Nähe an, denn wir sind nun klar Bodennebel geworden, der aber schnell nach Südosten zieht. So kann ich mich nicht lange aufhalten mit der Betrachtung eines Teichrohrsängers. Sogar einen Zaunkönig sehe ich kurz, obwohl der doch so klein ist, da hinten zwei Amseln und eine Blaumeise. Nur einen Kiebitz sehe ich nicht im ›Kiebitzbrack‹, ich dachte, wegen der Kiebitze hieße es so, aber ist auch egal, denn schon sind wir über Geesthacht und irgendwie passiert es dann, dass Typen wie Heini von oben durch uns durchrutschen und als Sprühregen auf das Helmholtz-Zentrum Hereon niedersinken. Die Leute da unten merken es kaum, denn so dick war der Heini auch wieder nicht, da haben wir schon ganz andere Kaliber erlebt. Da nieseln die Heinis, lebt wohl, Ihr Dicken, passt nächstes Mal besser auf, man sieht sich. Oder nicht.

Wir ziehen weiter in Richtung Schwarzenbek, wo wir sachte wieder ansteigen, worunter meine Landschaftsbetrachtungen leiden, denn so gut kann ich nicht sehen ohne Augen. Wie vor geraumer oder ungeraumer Weile gesehen, gingen wir einiger Tropfen verlustig, vielleicht ist unser Stratus davon leichter geworden oder der Elbwind bläst von unten. Jedenfalls bin ich noch da. Ich. Ich habe übrigens nicht nur keine Augen, sondern auch sonst nichts, was man Sinnesorgane nennen könnte, nicht einmal eine Seele. Ich bin Wasser. Ein Tropfen Wasser. Im Moment ein Wassertropfen, wenn ich aus allen Wolken falle, bin ich ein Regentropfen. Und danach wieder einfach Wasser. H_2O pur. Vielleicht eine Spur von Kondensationskeimen, sonst wäre ich nicht entstanden. Diese Keime nennen die Menschen auch Aerosole. Das sind Partikel wie Staub- oder Sandkörner, Bakterien, Salz oder auch rußige Reste menschlicher Luftverschmutzungen. Seit längerer Zeit, was sich so Zeit nennt, frage ich mich, wieso wir angesichts solcher Partikelvorkommen nicht viel mehr über der Wüste abregnen, wo es doch so viel Sand und Staub gibt, oder über schmutzigen Kraftwerken und Fabriken. Das ist wohl Physik, davon verstehe ich nichts. Was ich verstehe, ist was ich merke und ich merke gerade wieder, dass es neben mir ruckelt, als wir immer höher steigen. Der Wind hat wieder gedreht, weht jetzt aus Südost und wir erreichen den Sachsenwald. Ich habe so ein Gefühl, dass meine Wolkenreise hier enden und ich mir den Wald gleich von innen ansehen könnte. Die Kollegen rechts und links und von oben rücken mir verdächtig auf die Pelle, obwohl ich gar keine ›Haut‹ in dem Sinne habe, aber es sieht so aus, dass wir uns gegenseitig durchdringen. Noch habe ich meine eigene Form, nicht wie eine Träne mit einem Bauch unten und einem Zipfelchen oben, das ist eine törichte menschliche Vorstellung, so lasst Ihr Eure Kinder einen Tropfen zeichnen. Dabei können Sie sich wohl gut vorstellen, dass die Tränenform generell eher unlogisch ist. Weshalb sollte etwas Flexibles, dass sich gegen den Wind bewegt, zuvorderst besonders dick sein? Eben! Vorhin in ruhiger Lage war ich wohl einigermaßen rund, nicht ganz kugelrund, aber rundlich. Im Moment würde ich mich selbst eher wie eine Linse zeichnen, in der Mitte durch den Fahrtwind etwas eingedrückt, wenn ich gleich falle, huch, es müsste jetzt heißen, wenn ›wir‹ fallen, denn es ist schon passiert, was ich befürchtet hatte: Die Nachbarn haben fleißig Wasserstoffbrückenbindungen gebildet und reden dauernd von Kohäsionskräften, ich nenne es unterhaken, und gemeinsam sind wir jetzt schon viel dicker als der Heini vorhin. Und jetzt stößt meine Individualität endlich an Grenzen.

Ich wiederhole, er sie es wiederholt, wir wiederholen: Wir sind höher gestiegen, die ganze Wolke ist höher gestiegen, eine Menge Jungs sind dazugekommen, die sich aus den Aerosolen gebildet haben, welche ausgerechnet über der sauberen Waldluft schweben, verstehe das, wer will, und es ist kälter geworden und wir sind dicker geworden, nicht nur ich und die Nachbarn, es haben sich viele zusammengerottet zu einem ziemlich dicken Heini, der wir jetzt sind, und wir haben begonnen zu fallen, erst langsam, dann immer schneller von der Erdanziehung und wenn so Dicke wie wir erstmal in Fahrt kommen, dann wabbeln sie durch die Luft und ändern ständig ihre Form, ich mittendrin, als Linse mit eingedrücktem Bauch vom Fahrtwind, dann bilden sich oben tatsächlich doch kleine Zipfelchen, die im Fallen aber abspringen und zurückbleiben, während neben uns noch dickere Heinis auftauchen, uns anrempeln, dass wir nicht nur eine kurzfristige Delle bekommen, die sich wieder ausbeult, sondern auch in die andere Richtung geschleudert werden, wo wir von einem Riesenheini im Fallen aufgenommen werden, so dass ich und wir und alle für einen Moment als Monsterwabbel noch größer und schwerer in die Tiefe stürzen, um bald wieder vom Fahrtwind zerzaust und zerteilt zu werden, immer nach unten, nie zurück, denn dafür sind wir zu groß geworden. Es geht nur noch hinab und der Countdown läuft.

Indessen kann ich mir die Zeit nehmen, wir können uns die Zeit nehmen einzuräumen, dass Zeit bei mir / uns keine Rolle spielt, jedenfalls eine andere als bei den Menschen. Die Entstehung von Regentropfen in der Atmosphäre ist ein derart komplexer Prozess, dass man ein eigenes Buch darüber schreiben könnte. Das braucht eben seine Zeit. Und dabei meine ich / meinen wir ja nur die Entstehung, die erste Bildung erster Wassertropfen in einer Wolke. Jetzt aber entsteht eine neue Entstehung, alles ändert sich im freien Fall. Das braucht eben noch mehr Zeit, um es zu beschreiben. Haben Sie oben schon zwei Minuten gebraucht, um einen Absatz zu lesen, so mag es Ihnen schwerfallen, meiner langatmigen trägen Beschreibung in voller Fahrt zu folgen, denn nach Ihrer Zeitrechnung müsste ich oder müssten wir ein paar

Hundert Meter schon längst zurückgelegt haben. Haben wir auch und theoretisch sind wir schon unten angekommen, aber ich habe / wir haben immer noch die Muße, unsere Fahrt und Form zu beschreiben, nachdem der Monsterwabbel durch Luftreibung und Luftwiderstand, ich sage: durch den zunehmenden Fahrtwind schon wieder verformt, zerklüftet und zerteilt wurde. Haben wir als winzige schwebende Teilchen schon in ruhiger Wolkenfahrt wie oben beschrieben interagiert, so hat sich, was ich lapidar als Ruckeln bezeichnet habe, in letzter Zeit doch einiges verändert und nicht nur die Heinis haben angefangen, ihre Nachbarteilchen einzufangen, zu größeren Gebilden zu verschmelzen, ihre Phase von flüssig zu fest und umgekehrt zu ändern (darüber haben wir ja noch überhaupt nicht berichtet) und sich auch wieder zu teilen, so ist jetzt im Fallen noch viel Dramatischeres über Tropfenformen zu berichten.

Sagen wir mal situationsunabhängig, also ungeachtet unseres inzwischen klar erwartbaren Ziels ›Forstgutsbezirk Sachsenwald‹ ganz allgemein, wie es bei uns formal zugeht: Die Form von Regentropfen kann ganz unterschiedlich aussehen. Alle möglichen Formen sind denkbar, nur wie gesagt ›oben spitz, unten rund‹ wird man am Himmel vergeblich suchen. Tropfen sind auch nicht länglich. Dass es für Euch so aussieht, liegt daran, dass Eure Augen nicht schnell genug sind, um fallende Tropfen nachzuverfolgen. Für Euch hat es den Anschein, als ob Regentropfen wie Nadeln vom Himmel fallen. Nadelform haben wir allerdings auch nicht im Angebot, allenfalls in einer Gefriertruhe; das heißt dann aber Eiskristall, nicht Regentropfen. Das Aussehen eines Regentropfens hängt maßgeblich von seiner Größe ab, das haben wir oben schon bemerkt. Der Heini war eben dick und ich, damals noch als Individuum, zuerst rund und mit zunehmendem Fahrtwind eher linsenförmig mit einer Delle unten. Wir Tropfen sind durchaus in der Lage, unsere Form formvollendet wissenschaftlich zu begründen. Im einfachsten Fall spielen zwei auf uns wirkende Drücke die entscheidende Rolle. Das wäre zum einen der Luftdruck, der auf unsere Oberfläche wirkt, und zum anderen unser Innendruck, der uns zusammenhält. Der Tropfeninnendruck hängt wiederum von unserer Oberflächenspannung, von unserem Radius sowie dem äußeren Luftdruck ab (genaugenommen ist der Innendruck die Differenz zwischen dem kapillaren Krümmungsdruck und dem von außen wirkenden statischen Druck). Dabei ist unser Innendruck umso größer, je kleiner wir sind (beziehungsweise umso stärker unsere Tropfenoberfläche gekrümmt ist). Wenn wir sehr klein sind, sagen wir weniger als 1 bis 2 Millimeter im Durchmesser, dann ist unser Innendruck viel stärker als der Luftdruck, der auf uns wirkt, wenn wir fallen. Wir behalten dadurch unsere Kugelform bei, zum Beispiel als Nieseltröpfchen über Geesthacht. Das ändert sich bei stärkerem Regen mit Tropfendurchmessern von 2 bis 5 mm. Unser Innendruck wird geringer. Gleichzeitig verstärkt sich der Luftdruck, der auf uns als fallende Tropfen wirkt, weil größere Tropfen schneller fallen als kleinere. Der Luftwiderstand an unserer Unterseite führt dann zu einer Abplattung, während unsere Oberseite in etwa halbkugelförmig bleibt. Jemand hat mal gesagt, wir nähmen dann die Form eines Burgerbrötchens an. Von da an hatte ich keine Lust mehr zu wissenschaftlicher Beschreibung.

Um es also kurz zu machen: Je stärker der Regen und je größer der Tropfen, umso mehr kommt es an unserer Unterseite zu einer Eindellung. Bei heftigem Platzregen (z.B.

bei einem Gewitter) kommen Tropfen wie wir sogar auf einen Durchmesser von bis zu 9 mm. Dann fallen wir so schnell und der Luftwiderstand wird so stark, dass wir zu einem Fallschirm-artigen Gebilde deformiert werden, was wie ich finde eine witzige Vorstellung ist, als ob man sich als Regentropfen durch diese Form abbremsen könnte und dann wieder rund würde. Obwohl, vielleicht ist es ja so, ich weiß es nicht, ich habe noch nicht alle Formen durch, aber es sind schon eine ganze Menge Variationen, da macht man sich als Mensch gemeinhin gar kein Bild von, oder? Aber, um das von oben noch zu Ende zu bringen: Das mit dem Monsterwabbel habe ich selbst erlebt und da war es tatsächlich so, dass wir zusammen so riesig wurden, dass unser gemeinsamer Innendruck dem äußeren Luftdruck nicht mehr standhalten konnte. Da ist unser ›Fallschirm‹ instabil geworden und an der Oberseite in zwei kleinere Tropfen zerrissen. Da habe ich / haben wir gelernt, dass wir Regentropfen nicht beliebig groß werden können. Mehr als 9 mm Durchmesser sind unter Normalbedingungen physikalisch nicht möglich. Das Verrückte an der Sache war, dass wir uns kurz danach wieder zusammengewabbelt hatten, mit neuen Kollegen, die von der Seite und von oben kamen, und wir dann gemeinsam als die großen Wabbelheinis mit 4 oder 5 Metern pro Sekunde auf eine schräg kommende tieffliegende Wolke von Winzlingen stießen, die wir schon im Visier hatten. Und glauben Sie es oder nicht, in dem Moment kam von einer plötzlichen Böe getrieben noch so ein Wassergewabbel auf uns zugestürmt, als hätten sie Beschützer der kleinen Tropfen spielen wollen und rammte uns voll in der Mitte, so dass wir beide kurzfristig zu einer dünnen Scheibe verschmolzen und dann sofort in viele kleine Tochtertropfen zerfallen sind. In solchen Fällen ist die Identität der Ursprungstropfen nicht mehr gewährleistet. Aber glauben Sie nicht, dass so etwas individualpsychologisch untersucht werden müsste; es interessiert einen Wassertropfen nicht, wer oder was er in welchem Kontext, in welcher Beziehung zu seinesgleichen oder in irgendeiner Umwelt gerade ist. Er existiert und das genügt. Mit der Individualpsychologie eines Regentropfens ist es also nicht weit her, schon gar nicht, sobald die Turbulenzen beginnen. Dann weiß man nicht mehr, ob man noch Tom ist oder schon Heini oder Tom-Tom oder Heini-Heini oder Tom-Heini und es gibt noch viel mehr Namen, die man sich individuell mal gegeben hat und die nach und nach keine Rolle mehr spielen, weil man sich ständig auflöst und anderweitig wieder vereinigt. Stellen Sie sich das mal bei Ihnen zu Hause vor, was das für ein Wirrwarr wäre, wenn Ihnen sowas ungefragt widerfahren würde. Da kann man als Regentropfen doch sehr erleichtert sein, keine Seele zu haben, die am Ende bei den ständigen Irren und Wirren stets neu geklempnert werden müsste. Immerhin haben wir Regentropfen uns geeinigt, uns namentlich zu benennen, solange es geht und dann den Dingen ihren Lauf zu lassen, weil wir gewiss sein können, irgendwann einmal wieder allein und individuell an irgendeinem Aeorosol persönlich zu kondensieren. In der Zwischenzeit wäre vielleicht doch die Sozialpsychologie oder die Massenpsychologie angebracht, es ist jedoch müßig, tiefer in die Tiefenpsychologie von Regen- oder Wassertropfen einzusteigen, solange sie keine Seele haben.

Übrigens sind wir endlich im ›Forstgutsbezirk Sachsenwald‹ angekommen. Da drüben fließt ein kleines Bächlein. Unsere Reise ist nicht zu Ende, überhaupt nicht. Wir kommen wieder, irgendwo. Lassen Sie uns nur erst mal verdunsten und kondensieren, dann sind wir wieder da, irgendwo anders. Vielleicht nicht gerade da, wo wir gebraucht werden. Dann brennt der Wald oder Ihr verhungert irgendwo. Vielleicht sind wir da, wo es genug von uns gibt. Dann gibt es Überschwemmungen und Erdrutsche irgendwo. Beschweren Sie sich nicht.

Winke, winke.
Ihr Tom & Co.

PS
»Was wird werden?«
»Nichts wird werden, alles ist. Ein ewiger Kreislauf.«
Reed Isberg (2023) Prio 1, Tag 16, Kap. 4

Als die Tage heller wurden

Frühling

An seinem 80. Geburtstag bekam Herbert eine Torte mit 80 Kerzen. Herbert holte tief Luft und pustete alle Kerzen in einem Atemzug aus. Alle sahen es und glaubten es nicht. Große Augen ringsum und offene Münder, aus denen die Stille einen Moment lang schwieg. Bis der kleine Elja sagte: »Klasse Opa, alle weg!«

Gestern Abend, als Herbert zu Bett gegangen war, hatte er die Hände gefaltet unter den Kopf gelegt und sein Abendgebet im Geiste aufgesagt, wie er es seit über 70 Jahren praktizierte, wörtlich immer gleich, mit einer kleinen Modifikation im 30. Lebensjahr. Seit er selbstständig beten konnte, hatte er das stille Ritual jeden Abend praktiziert, damit er geregelt einschlafen konnte: »Lieber Gott, ich danke Dir für den schönen Tag und die schöne Nacht. Bitte gib mir auch weiterhin eine schöne Nacht und einen schönen Tag. Mach, dass ich immer gesund bin und alle meine Lieben auch. Und dass ich mit 12 zaubern kann.« Der letzte, gewiss spirituelle Satz wurde zunächst aus Überzeugung angehängt, die Altersangabe verschob sich am 12. Geburtstag auf 20 und, dann auf 25, dann auf 30, bis diese Fürbitte in eigener Sache dem Herbert endlich vollkommen unmöglich, geradezu peinlich erschien, so dass er die Floskel schließlich seinem frommen Bittgebet ganz entzog. Damit war für den erwachsenen, gebildeten und vernünftigen Herbert die Zauberei erledigt.

An seinem 80. Geburtstag erwachte Herbert früher als sonst, schon um 5 Uhr, fühlte sich frisch und leicht und als er aus dem Bett gesprungen war, verspürte er einen Drang, seine Arme ein wenig kreisen zu lassen, wie er es in seiner Jugend getan hatte, prompt überrascht von der Feststellung, dass es nirgends knackte, bald ermuntert, ein paar Kniebeugen zu machen, um schließlich in seinem Übermut gar zehn Liegestützen zu absolvieren. ›Erstaunlich, was ein guter Schlaf bewirkt‹, dachte er, kleidete sich problemlos und ohne Seufzer an, begann die Morgentoilette mit einem erleichternden Pullern und beendete sie mit einer spontanen Dusche. Nachdem es frischer und erfrischter nicht ging, war es Herbert nach mehr Bewegung zumute, sodass er gleich nackt vom Bad durch seine Souterrainwohnung lief zum Schlafzimmer zurück, wo er seinen Jogginganzug bestieg, der sonst nur als Lümmelanzug für die Fernsehcouch diente. In diesem nicht unbedingt feierlichen Aufzug stieg er die Treppe zu seiner Familie hoch. Sie schliefen alle noch: Jürgen, Gitte, Elja und Miriam stellten ihre Wecker unterschiedlich ein. Der Wecker seines Sohnes Jürgen würde zuerst klingeln, um 6:30 Uhr, die anderen zwischen 7 und 7:15 Uhr (Elja drehte manchmal an der Weckzeit, wodurch er die Liegephase bis 7:30 ausdehnen konnte). Für Herbert war das Zeit genug, um einerseits nicht zu stören und andererseits seinem Bewegungsdrang zu folgen. Er ging spazieren. Er spazierte die Straße hinauf bis zum Friedhof, bog dort ein und unter den in der kühlen Luft des Frühlingsmorgens leicht bewegten Bäumen verfiel er in einen schnelleren Schritt bis schließlich ein gemächlicher Dauerlauf daraus wurde, was ihm als Jogging bekannt vorkam. ›Ich mache Jogging‹, dachte Herbert sehr bewusst und warf das Wort im Kopf herum (Jogging – Schogging – Schocking – Jocking), bis er kichern und dann laut lachen musste, noch immer in vollem Lauf. Sein Atem ging tief und gleichmäßig.

Zum Frühstück saß er, ganz der Alte, in Jeans und Pulli, am Tisch mit Marmeladenbrot und der Zeitung daneben. Jürgen und die Kinder waren aus dem Haus und seine Schwiegertochter Gitte würde bald ebenfalls zu ihrer Teilzeitstelle entschwinden. Keiner von ihnen hatte Herberts Frühsport bemerkt. Für den späten Nachmittag war seine Geburtstagsfeier angesetzt. Bis dahin hatte er Freizeit. Herbert grinste bei diesem Gedanken. Er nutzte die Zeit, um dem Computerladen am Markt einen Besuch abzustatten und den Verkäufer mit grundlegenden Fragen anfänglich zu nerven, wie zum Beispiel diesen:

»Kann der auch Internet?«

»Gibt es den Fernsehschirm auch in größer?«

»Was frisst der denn so?«

Nachdem aber der Verkäufer eine ernsthafte Kaufabsicht mit nach oben offenbar offener Grenze erkannt hatte, nahm er sich viel Zeit für die Kundenberatung. Am frühen Nachmittag verließ Herbert den Laden auf dem Beifahrersitz eines vollgepackten Firmenfahrzeugs, dessen Fahrer sehr freundlich und geduldig unten in Herberts Wohnzimmer alles erdenklich Notwendige einrichtete, damit der Herr unbegrenzt (›flat‹ sagte er) dem Surfen, Streamen oder Gaming frönen und, so er denn wollte, sogar Texte schreiben konnte. Ein Buch mit dem Titel ›Internet für Senioren‹ gab es gratis obendrein. Bevor er loslegte, machte Herbert sich sein vorbereitetes Mittagessen oben in der Küche warm und verspeiste eilig ein Wienerle im zarten Saitling mit Kartoffelpüree und Mischgemüse. Dann war er wieder unten bis...

...um Punkt 17 Uhr ein Glöckchen auf der Innentreppe ertönte, wie zu Weihnachten, wenn das Christkind gerade verschwunden war und Mutter rief: »Kinder kommt rein, der Baum brennt.« Die Geburtstagsfeier war vorbereitet, Jürgen, Gitte, Elja und Miriam umarmten ihren Herbert, gratulierten artig und sogar Herrmann war da, sein letzter Freund und Nachbar, mit dem er gern spazieren ging, Herbert mit Wanderstock und Herrmann mit Rollator. Mit Letzterem strebte Herrmann baldestmöglich dem gedeckten Tisch zu, wobei er ungeschickt ein leeres Glas umstieß, welches jedoch blitzschnell von Herbert auf halber Tischhöhe aufgefangen wurde. Die erstaunliche Reaktionszeit wurde von den Anwesenden ebenso staunend zur Kenntnis genommen, wie die eingangs erwähnte Kerzenszene, die gleich darauf kam.

Sommer

Opa, ich habe Deine Brille gefunden.« Elja kam hilfsbereit in Opa Herberts Wohnzimmer.

»Danke, kannst sie für später behalten.«

»Kannst Du ohne Brille lesen?«

»Ich kann sogar ohne Brille hören.«

»Du hast ja einen Computer.«

»Yep.«

»Sind da auch Spiele drauf?«

»Finger weg.«

»Was machst Du da?«

»Programmieren.«

Herbert arbeitete am Web-Design für den Internetauftritt des Computerladens. Im Moment hing er mit JavaScript fest und starrte auf die Antwort, die er aus einem Forum erhalten hatte:

> Hi H80,
> in deinem Code sind mir mehrere Problemstellen aufgefallen. Du verwendest den HTML-Tag ›font‹. Dieser

ist nicht mehr HTML5 Standard. Verwende hier lieber den HTML-Tag ›p‹ für Absatz. Du verwendest sehr häufig Inline-Styles. Hier solltest du das CSS auslagern. Verwende hier Klassen statt Inline-Styles. Vermeide die Verwendung von jQuery und auch Bootstrap. Sowohl CSS als auch Javascript bieten von Haus aus genug Eigenschaften und Methoden, um auf externe Frameworks und Bibliotheken zu verzichten. Größenangaben von Tabellenelementen solltest mithilfe von CSS machen. Da Attribute wie width und height überflüssig sind. Es reicht, wenn du den Initialspalten/Tabellen-Head eine feste Größe vorgibst und dies bitte mit CSS. Less und Sass haben ein paar Vorteile aber auch einige Nachteile: Hier würde ich dir empfehlen reines CSS zu verwenden.

Herbert war geholfen und Elja benommen.

Nach weniger als zwei Wochen war der Webauftritt des Computerladens fertig und Herbert erhielt eine erkleckliche Summe als Entlohnung, die er gar nicht gefordert hatte. Doch er wusste schon, wie er einen Teil des Geldes anlegen wollte. In den Programmierpausen war er nämlich verschiedene Male auf Internetseiten gestoßen, die seine Fantasie ebenso anregten wie seinen Körper. In Ermangelung einer noch lebenden Gattin schlich er sich des Abends zu seiner Nebentür hinaus und verbrachte einige Stunden in einem Etablissement, das er sehr entspannt verließ, wohingegen sich seine Herzensdame in den frühen Feierabend verabschieden musste.

Herbst

Jürgen, bist Du schon da?«

Gitte kam mit zwei vollen Einkaufstaschen durch die Diele. Eigentlich spielte Jürgen nur am Wochenende Klavier. Nun sah sie Herbert vor dem Instrument sitzen. Opa hatte sich noch nie für dieses Instrument interessiert, für gar kein Instrument. Heute schien das anders zu sein und gar nicht mal schlecht; was er da spielte, war leicht als ›Hänschen klein‹ zu erkennen. Gitte stellte die Taschen in der Küche ab und begann, die Lebensmittel einzuräumen. Währenddessen hatte sich das Klavierspiel verändert. Das war nun eindeutig und sauber gespielt ›Comptine d'un autre été: l'après-midi‹. Gitte setzte sich still auf die Couch im Wohnzimmer und lauschte andächtig ihrem Schwiegervater. Als er sie bemerkte, verspielte er sich, klappte den Deckel zu und sagte: »Ich müsste mehr üben.« Nach diesen Worten verließ er wortlos und ohne Verbeugung den Schauplatz (oder Hörplatz) und begab sich eine Etage tiefer.

Herbert nutzte von nun an den Vormittag, um oben Klavier zu spielen. Bis gegen Mittag war er ungestört, wenn alle aus dem Haus waren. Am Donnerstag um Punkt 11:05 Uhr aber fuhr Madeleine mitten in Rachmaninoffs Klavierkonzert Nr. 3 mit ihrer Reinigung dazwischen, ausgerechnet beim schnellen Scherzo-Teil in fis-Moll, den Herbert langsamer gespielt hatte, als es vorgegeben war. Er fühlte sich noch zu unreif für das anspruchsvolle Stück, noch dazu fehlte ihm die Orchesterbegleitung, die durch ein Staubsaugergeräusch nicht wirklich zu ersetzen war. Madeleine war tüchtig, zuverlässig und wortkarg und wie er soeben erst feststellte wohlgeformt. Sie hob eine Hand zum Gruß und hätte ohnehin nur ein ›Hallo‹

von sich gegeben. Herbert kannte nur ihren Vornamen (einen Nachnamen schien sie nicht zu haben) und hatte sie mit diesem spärlichen Wissen als Französin klassifiziert. Da wollte er sich doch mal mit ihr unterhalten. Im Gegensatz zu seinem Englisch war sein Französisch aber von jeher rudimentär entwickelt und ungeübt. Dennoch trat er vor sie hin und sagte: »Bonjour Madeleine.« Madeleine stellte artig ihr Geräusch ab.

»Vous êtes français?«, fragte Herbert. Madeleine sah ihm in die Augen und lächelte.

»Qu'est-ce qui se passe?« Schulterzucken.

»Oh je, je non parapluie.«

So war ihr nicht beizukommen. Hilfreich offenbarte sich Madeleine: »Hrvatski.« Das kam Herbert aus einem früheren Urlaub bekannt vor. Er bedeutete ihr höflich, mit ihrer Tätigkeit fortzufahren, dachte einen Moment daran, selbst wieder einmal fortzufahren, entschloss sich aber für den Augenblick, da an weitere Etüden nicht zu denken war, seine Sprachkenntnisse unten in seiner Wohnung aufzufrischen.

Am nächsten Donnerstag begrüßte er Frau Madeleine auf Kroatisch: »Dobro jutro, gospođo Madeleine.« Das schlug ein wie eine Bombe. Als Gitte zwei Stunden später nach Hause kam, hörte sie Fremdsprache aus dem Wohnzimmer.

»...I onda sam rekao kapetanu, želimo loviti ribu, kiša nam ne smeta.«

Gitte hielt die Luft an. Da räkelte sich die Putzfrau mit Opa auf dem Sofa, ein Bein über ihn geschlungen, ein Sektglas in der Hand und mit betörender Stimme gurren: »Moja štuka.«

Geistesgegenwärtig sprang Herbert auf, stellte Madeleine und Gitte einander unnötigerweise vor und stammelte: »Ah ja, wir, wir sprachen übers Angeln.«

Winter

Drei Tage vor seinem 80. Geburtstag wurde es hell in Herberts Kopf. Nur im Kopf. Eine eingebildete Helligkeit sozusagen, denn draußen war es noch recht dunkel, der Tag erwachte erst allmählich. Es roch nach Flieder und Jasmin und nach Zitrone. Die Vögel zwitscherten, die Spatzen, die Kohlmeisen, das aufgeregte Amselweibchen, der Buntspecht auf dem Walnussbaum – er kannte sie alle persönlich, sogar den Pelikan im Bambus. »Moja štuka«, sagte Doktor Rachmaninoff und zeigte ihm bunte Bilder auf dem Laptop. Vorsichtig legte Madeleine ihr Bein über sein Bett, um die Schläuche nicht zu verschieben. Tschsch bab bab, tschsch bab bab. Ruhig und regelmäßig arbeitete das Beatmungsgerät. Alles war gut. Bis auf die Runtime Warning: overflow encountered in exp. Herbert erkannte sie erst, als es noch heller wurde. Hatte er die Website falsch programmiert? Tschsch bab bab. Es war schon ziemlich hell, sehr, sehr hell. Trotz der weißen Wolke, unter der er weich schwebte. Sehen konnte er sie nicht, die Augen waren geschlossen und verklebt. Aber es war gut so. Herbert fühlte sich leicht, sehr leicht, so leicht, dass er über der Wolke schwebte, zu dem zwitschernden Klavier hinauf und den kleinen Vögeln mit den kleinen Staubsaugern mit den Kerzen darauf. Die wollte er jetzt auspusten. Er pustete aus.

»Klasse Opa, alle weg!«

Wie dem Max und anderen der Kunststoff abhandenkam

Frank Durham stellte das rote Bobby Car vorsichtig auf die Theke des Leipziger Spielwarengeschäfts. »Die Vollgummiräder sind noch dran, der ganze Rest zerbröselt. Ich habe das Teil erst vor zwei Wochen hier gekauft.«

Tatsächlich rieselte beim Aufsetzen ein feiner Partikelstaub auf die Glastheke.

Die Kassiererin machte nicht viel Aufhebens um die Reklamation. »Haben Sie den Kassenbon noch?«

Der Kunde hatte ihn schon neben das ramponierte Gefährt auf die Theke gelegt. »Bobby Car Classic rot, Flüsterräder, 34 Euro 99«, konstatierte die Spielwarenexpertin und fügte mit einem Seitenblick auf die Mängelware hinzu: »War sicher ein Montagsstück. Möchten Sie es umtauschen oder das Geld zurück?«

Frank überlegte kurz und entschied sich vorerst für die monetäre Lösung. »Kann ich das kaputte Ding wieder mitnehmen?«

Die Dame verneinte: »Tut mir leid, das werden wir an den Hersteller zurückgeben müssen. Ist ein Garantiefall.«

Frank zögerte noch einen Moment. Immerhin war er Kunststoffexperte. Kunststoff zerbröselte nicht so einfach in zwei Wochen und das Bobby Car hatte nur im Kinderzimmer gestanden. Das Montagsstück wollte er nun doch einmal genauer untersuchen. »Ach wissen Sie was«, sagte er entschlossen, »ich behalte den Schrott«, sagte es und verließ den Laden wie er gekommen war. Zurück blieb eine verdutzt dreinschauende Spielzeugexpertin.

Maximilian Scheuer hatte aufmerksam den Artikel im Chemiejournal gelesen. Jetzt stand er neben seiner Doktorandin im Labor II, die damit beschäftigt war, Erlenmeyerkolben mit verschiedenen trüben Flüssigkeiten zu befüllen.

»Die Italiener sind schnell«, sagte der Professor. »Mileni und seine Truppe haben ihre Ergebnisse zu einem angeblichen Superenzym publiziert.« Er legte den Artikel vorsichtig auf eine trockene Stelle des Labortisches. »Es kann sogar Polyesterurethan bei erhöhter Temperatur und Überdruck depolymerisieren.«

Dorothea Schenker begann zu lesen, während der Professor weiterredete: »Doro, Du musst Deine neuen Ergebnisse in Deinen Vortrag nächste Woche einbauen, sonst stehen wir hintenan.«

»Die sind aber noch nicht repliziert«, gab Doro zu bedenken. »Es ist unfair, dass die Italiener vorpreschen. Wir arbeiten in einem gemeinsamen EU-Projekt und wir hatten vereinbart, dass Publikationen vorher abgestimmt werden.«

Sie wollte weiterlesen, doch Scheuer ließ nicht ab: »Und hast Du schon gelesen, welches Bakterium sie verwendet haben?« Der Professor verzog den Mund nach links oben, wie nur er es konnte. »Ich sage es Dir: Halopseudomonas formosensis, aus einem Komposthaufen isoliert. Klingelt da was?«

Dorothea schaute verwirrt auf ihre Erlenmeyerkolben und dann auf den kleinen Küchen-Timer daneben. Maximilian Scheuer half ihr auf die Sprünge: »Aus einem warmen Komposthaufen. Mit erhöhter Temperatur und Druck. Mit anderen Worten: Es funktioniert nur im Labor. Wem soll das helfen, Doro?«

Jetzt verstand sie. Ihre Mischung aus Bakterien und Pilzen konnte immerhin nicht nur PET-Flaschen, sondern auch PVC-Rohre in zwei Tagen komplett zerlegen, und zwar bei Zimmertemperatur und Normaldruck. Die Japaner brauchten zum Abbau von PET-Flaschen immer noch mehrere Wochen. Und PVC hatte noch keiner geknackt.

Professor Maximilian Scheuer hatte anlässlich des sechzigsten Geburtstags seines Cousins Eduard eine dreieinhalbstündige Autofahrt von Markkleeberg im Leipziger Süden nach Brackwedel unternommen, wovon zweieinhalb Stunden auf die Autobahnen A38, A14, A9, A10 und A12 entfielen, dagegen eine geschlagene Stunde auf die letzten 50 Kilometer über Bundes-, Landes-, Kreis- und zuletzt Gemeindestraßen. Von dieser Stunde wiederum waren die letzten 5 km die anspruchsvollsten, denn mangels hinreichender Beschilderung entfiel fast eine halbe Stunde auf holprige Umwege über Feldwege. Brackwedel, eine Kleinstadt im Oderbruch direkt an der polnischen Grenze, hatte von Hand gezählt zu genau dieser Zeit genau 1.032 Einwohner, von denen über 60 % Rentner waren. Wer arbeiten konnte und musste, verdiente seine Zloty überwiegend hinter der Grenze. Eduard Scheuer war eine Ausnahme. Er fungierte zugleich als ehrenamtlicher Bürgermeister von Brackwedel und stellvertretender Geschäftsführer des Recycling-Unternehmens Cyclo Ost, wobei die Gemeinde Brackwedel einer von fünf Gesellschaftern von Cyclo Ost war; die anderen waren zwei Nachbargemeinden und zwei Landkreise.

Anlässlich dieses sechzigsten Geburtstags seines Cousins Eduard also schöpfte der plaudernde Professor Max, wie er von Eduard nicht ohne Stolz auf seine Verwandtschaft tituliert wurde, aus seinem reichhaltigen Repertoire unglaublicher und lukrativer Erfindungen der jüngsten Zeit, ganz beispielsweise von Wundermikroben, die selbst härteste Plastikabfälle in wertvolle Rohstoffe verwandeln konnten. Noch am selben Abend beschloss Bürgermeister Eduard Scheuer in Übereinstimmung mit dem vollzählig anwesenden Gemeinderat, die Alte Kornmühle für ein Experiment zur Verfügung zu stellen. Die Alte Kornmühle war, wie es der Name vermuten lässt, eine alte Kornmühle. Statt sie in ein touristisches Museum umzuwandeln, war sie seit Jahrzehnten dem gemeinen Verfall anheim gelassen worden. Wenn diese alte Mühle nun dem Gemeindewohl dienlich werden konnte, mochte niemand etwas anderes aussprechen als ein Ja. Und man wollte es getrost dem lieben Herrn Bürgermeister überlassen, sich bei seiner Firma für die notwendige Investition einzusetzen, die sich hernach auch zum Wohle des Unternehmens und der Umwelt rechnen würde.

Zwei Wochen zuvor erst hatte Dorothea Schenker auf einer Fachkonferenz angedeutet, dass sie einen Cocktail aus Bakterien und Pilzen entwickelt hatte, der als Lebendkultur bei Zimmertemperatur und Normaldruck PET und sogar PVC abbauen konnte. Unversehens war ein Raunen im Publikum aufgekommen und sie hatte flugs hinzugefügt, dass es sich beim PVC um erste Ergebnisse handelte, die noch bestätigt werden müssten. Die Frage nach der genauen Zusammensetzung der Kulturen beantwortete sie teilweise. Neben den bereits in anderen Laboren eingesetzten Pseudomonas- und Corynebacterium-Arten habe sie vor allem Pilze getestet, die sie von Kunststoffoberflächen gesammelt und kultiviert hatte. Diese Kandidaten harrten noch ihrer näheren Bestimmung. »Bisher haben sie nur Nummern«, hatte Doro gesagt, »genauso wie Joel Rüthi seinen Super-Pilz 943 genannt hat und der ist bisher nicht genau beschrieben, das heißt: eine neue Spezies.« Und schlau hatte sie zu bedenken gegeben: »Bisher sind nur ungefähr zehn Prozent aller Pilze der Welt bekannt. Der weitaus größere Teil ist weder bekannt noch untersucht. Überträgt man solche Verhältnisse auf potenzielle Fähigkeiten zum Schadstoffabbau, so kann man sich ausmalen, wie wenig wir bisher wissen.«

Eine Woche nach Ihrem Vortrag hatte Doro zusammen mit ihrem Kollegen Frank Durham zehn 600-Liter-Pilotbioreaktoren im Leipziger Labor installiert und mit den Bakterien und Pilzen befüllt, die im kleinen Maßstab am schnellsten PVC-Stücke zersetzen konnten. In diesen Fermentern wurden nun aber sehr definierte Bedingungen geschaffen bezüglich des Nährmediums, der Temperatur, der Sauerstoffzufuhr, des pH-Werts und der Sterilität. Das Nährmedium war das wichtigste, es musste genormt werden. Und wie normt man PVC-Rohre? Eigentlich gar nicht, denn sie sind schon genormt. Doro und Frank nahmen kleine Kunststoff-Druckrohre aus weichmacherfreiem PVC nach DIN 8062 mit einem Rohr-Innendurchmesser von 57,0 mm und einer Wandstärke von 3,0 mm, schnitten sie präzise in Ringe von 2 cm Länge vom Rohr ab und legten jeweils 5 Ringe in jeden Bioreaktor. Das war das einzige Nährmedium, welches die Mikroben zu fressen bekamen. Die übrigen Bedingungen sollten einfach gehalten werden: 20 °C, normale Luft mit 21 % Sauerstoff, destilliertes Wasser mit neutralem pH-Wert. Nur steril musste alles sein, damit nur die ausgewählten Mikroben arbeiten konnten, ohne verunreinigt zu werden. Tatsächlich war dies die größte Herausforderung, wie Frank es ausdrückte: »Es ist gar nicht so einfach, Plastik unter der Sterilbank mit Latexhandschuhen zu schneiden. Einmal mit der Säge abgerutscht und Doros Schweißbakterien vernichten die Hoffnung auf eine bessere Welt.« Zunächst wurden die Mikroben-Cocktails als Lebendkulturen angesetzt. Eine Enzymgewinnung war für später vorgesehen, denn es ist ja viel einfacher, Kunststoff mit Enzymen aus der Flasche zu besprühen, als den Mikroorganismen dort eine neue Heimstatt zu bereiten.

Es funktionierte. Nach 12 Stunden waren die Kunststoffringe in allen Gefäßen sichtbar besiedelt. Nach 24 Stunden waren sie in zwei Bioreaktoren porös, in drei mit Pilzen, in vier mit Bakterien dicht bewachsen. Die »Tierchen« nahmen das Fressen an. Nur in einem Fermenter tat sich nichts, außer dass sich das Wasser orange verfärbt hatte. Darin war eine Mischung aus dem Bakterium Rhodococcus ruber und P 1412, wobei P für einen Pilz stand, der noch nicht genau bestimmt war, und 1412 für den 14.12., den Tag, an dem Doro ihn vom Griff eines Einkaufswagens aufgewischt hatte. Nach 48 Stunden hatte sich das Bild völlig verändert. Zwar war in allen Gefäßen eine Veränderung der PVC-Strukturen zu verzeichnen, zwar gestaltete sich dieser Abbau an den zuvor porösen Ringen als ›in Auflösung befindliche schwammähnliche Morphologie‹, wie Doro es notierte. Aber im Bioreaktor mit dem Pilz-Bakterium-Gemisch, da war, das zeigte, es erschien ganz deutlich, aber irgendetwas war wohl schiefgelaufen. Doro sah nichts außer trüb-orangem Wasser. Sie zog Frank zu Rate. Frank sah auch nichts. Da war auch nichts zu sehen. Da war nur trübes oranges Wasser. Die PVC-Teile waren vollständig zersetzt. »Wir brauchen einen Namen für P 1412«, war das Einzige, was Frank dazu einfiel.

Der Unternehmer betrachtete staunend die großen Fermenter im Leipziger Labor. Es wummerte, wabbelte und waberte. »Ist es denn auch sicher?«, fragte er.

Frank wusste ihn zu beruhigen: »Es sind Mikroorganismen aus der Natur. Sie waren immer da. Keinem haben sie je geschadet. Was sollen sie hier im Fermenter anders tun, als Kunststoff abzubauen?«

»Aber Sie sagten, sie kennen nicht alle diese Organismen genau?«, hakte der Geschäftsführer von Cyclo Ost nach.

»Wir haben sie zur genauen Bestimmung an die Deutsche Sammlung von Mikroorganismen und Zellkulturen geschickt. Auch wenn sie dann einen Namen bekommen, ändert das nichts an ihrem Verhalten.«

»Ich frage nur, weil die Behörden Sicherheit haben wollen. Sie wollen mehr Daten.«

»Welche Daten werden denn benötigt?«

Der Geschäftsführer lachte. »Da geben sich die Behörden der Stadt Frankfurt (Oder) die Klinken in die Hände. Die untere Abfallwirtschafts- und Bodenschutzbehörde will sich gegen illegales Betreiben einer Anlage zum Behandeln und Sortieren von Abfällen absichern. Denen können wir helfen, denn Cyclo Ost ist bereits anerkanntes Recycling-Unternehmen. Die untere Naturschutzbehörde verlangt einen ausgefüllten Antrag auf Erteilung einer Genehmigung und Befreiung von den Verboten des Brandenburgischen Naturschutzausführungsgesetzes und des Bundesnaturschutzgesetzes, den wir gar nicht angefordert haben. Die untere Wasserbehörde beharrt auf eine Genehmigung zur Einleitung von Abwasser mit gefährlichen Stoffen in die Kanalisation, was wir gar nicht beabsichtigen. Die untere Bauaufsichtsbehörde schickt uns vier Formulare für die Beantragung einer Baugenehmigung gemäß § 59 der Brandenburgischen Bauordnung auf der Grundlage des § 3 der Verordnung über Vorlagen und Nachweise in bauaufsichtlichen Verfahren im Land Brandenburg – vorzulegen in zweifacher Ausfertigung und in ordentlicher Form. Der Landkreis Märkisch-Oderland schickt uns seine aktuelle Satzung über die Abfallentsorgung mit der Bitte um eine Unbedenklichkeitserklärung, also an sich selbst, weil er ja Gesellschafter von Cyclo Ost ist.«

»So viel Bürokratie für natürliche Organismen?«, staunte Doro.

»Machen Sie sich dazu keine Gedanken. Herr Scheuer als Bürgermeister von Brackwedel wird diese Bescheinigung formal ausstellen und erklären, dass es sich lediglich um eine Anlagenerweiterung von Cyclo Ost in seiner Gemeinde handelt. Liefern Sie einfach die Mikrobenkulturen, wir bauen die Anlage.«

Frank Durham hatte das Bobby Car inzwischen im Labor untersucht, jedenfalls die letzten Partikel, die noch davon übrig waren. Der kleine Leon hatte bitterlich geweint, als er sein Fahrzeug zum letzten Mal gesehen hatte. Ihm wurde ein neues versprochen. Chemisch war das ursprüngliche Polyethylen vollständig abgebaut, übrig geblieben waren nur einige Füllstoffe und Kohlenstoff. Wie es dazu kommen konnte, wurde Frank schnell klar, als er die größeren Partikel unter einem Mikroskop betrachtete. Es waren Pilze und Bakterien darauf gewachsen. Zur weiteren Bestätigung legte er davon Zellkulturen an. Dorothea Schenker assistierte ihm. »Kann es wirklich sein, dass unsere eigenen Testkulturen bei Dir zu Hause ein Bobby Car aufgefressen haben?«, fragte sie sichtlich verunsichert.

Frank wiegte seinen Kopf hin und her und überlegte. »Sterilität hat ihre Grenzen«, dachte er laut. »Es könnte schon sein, dass ich etwas an den Händen oder den Haaren oder an meiner Kleidung mitgeschleppt habe. Wenn zum Beispiel Pilzsporen wie Pollen durch die Luft fliegen, warum sollten sie nicht von der Sterilbank zu mir herausgeweht worden sein?«

»Die Sterilbank ist doch eine sterile Werkbank«, warf Doro ein. »Da sollte eigentlich nichts herauswehen.«

Frank gab ihr eine Lektion: »Ja und nein. Wir haben hier eine Reinraumwerkbank. Die gefilterte Luft strömt von innen nach außen. So werden unsere Pilze und Bakterien vor Verunreinigungen geschützt. Hingegen hätte eine Sicherheitswerkbank zusätzlich eine Luftbarriere an der Arbeitsöffnung. Dadurch würden sowohl die Mikroorganismen vor Verunreinigungen geschützt als auch die Nutzer vor dem Ausdringen von Mikroorganismen. Dafür haben wir eigentlich keinen Bedarf, weil unsere Plastikfresser für Menschen ungefährlich sind.«

Abends an der Tankstelle traf es Doro unversehens. Als sie mit ihrer Kreditkarte zahlen wollte, zerbröselte diese in ihren Händen. Nachfolgende Kunden trugen die Brösel unter ihren Schuhen davon und wunderten sich, dass sich tags darauf ihr Bremspedal schwammig anfühlte.

Bei Professor Maximilian Scheuer eskalierte die Lage zum Wochenende hin. Zuerst brach seiner Frau auf der Terrasse der Gartenstuhl unter dem Hintern weg. Dann löste sich die Teichfolie innerhalb weniger Stunden auf und das Wasser lief den Fischlein davon. Im Haus sah es noch schlimmer aus: Die Fensterrahmen lösten sich auf und bis Sonntagmorgen waren sämtliche Glasscheiben herausgefallen. Bis Sonntagabend waren die Bodenbeläge und Dachbahnen bereits zu Staub zerfallen, Schalterdosen und Elektrokabel zogen blank. Es war eine Frage der

Zeit, wann das Haus zur Ruine werden sollte, in der sich bis hin zu den unsichtbar verbauten PVC-Rohren allerlei Wohnliches in Nichts auflöste. Dabei hatte der Professor noch Glück. In seinem Haus lösten sich nicht alle Kunststoffe auf. Er hatte sich in letzter Zeit besonders für die PVC-Fresser in seinem Laboratorium interessiert, weniger für die Zellkulturen, die PE, PP, PS, PUR oder PMMA abbauten.

Zu Wochenbeginn war im Spielwarenladen kaum noch etwas zu verkaufen. »Gutes Spielzeug ist stabil, langlebig und vor allem sicher.« So stand es über der Theke geschrieben. Vor der Theke wurde gekehrt, gesaugt und geputzt. Träume von aufblasbaren Wasserspielzeugen und Bällen waren zuerst geplatzt. Aber Frank Durham hatte nicht nur sein Bobby Car auf die Theke gestellt, er hatte in Haaren und Kleidung tatsächlich Allesfresser mitgebracht, die sich von Legosteinen, Playmobil-Männchen und den Babybespaßungsgeräten ernährten, die gestern noch schrille Melodien trällerten, von mit Mixer und Kaffeemaschine ausgestatteten Spielküchen bis zu hochkomplexen Technikbaukästen für Kinder über die Volljährigkeit hinaus. Und da rund 80 Prozent aller Spielzeugprodukte aus Plastik waren, blieb nicht viel zum Spielen übrig. Herrlich war dagegen die Ritterburg aus deutschem Erlenholz anzusehen.

In Brackwedel herrschte der Notstand. Innerhalb weniger Tage hatten sich Plastikflaschen und -becher, Rohre, Maschinenteile, Zahnräder, Dichtungen, Autorückstrahler, Polstermöbel, Matratzen, Sportgeräte, Schuhsohlen und viele andere Plastikprodukte aus der Gemeinde verbschiedet. Flüssigwaschmittel glibberten auf Badezimmerböden, Margarine mischte sich mit Joghurt im Kühlschrank, Wasserhähne tropften, Bauern mit wundem Hintern holperten mit ihren Traktoren ohne Stoßfänger über die Felder, der Feuerwehr waren die Schutzhelme abhandengekommen, anderen die CDs, Telefone, Computergehäuse und Bildschirme, Kontaktlinsen waren unauffindbar, mancher Brackwedeler ging barfuß.

»Wie, aber ach«, sprach der Bürgermeister zum Geschäftsführer, »meine Gemeinde ist völlig demoliert. Bis hin in die umliegenden Dörfer.« Er machte eine Pause, dann sprach er weiter: »Ich dachte, die großen Behälter wären noch nicht geliefert worden.«

Der Geschäftsführer von Cyclo Ost erhob sich träge. »Die großen nicht, aber die kleinen mit den Bakterien und den Pilzen stehen schon eine Woche in der Alten Mühle.« Er zog einen Stuhl neben den Schreibtisch des Bürgermeisters, setzte sich, wischte mit einem Taschentuch über seine Stirn. Dann fasste er eine Entscheidung: »Sollen sie nur kommen, die großen Behälter. Ich gebe nicht auf.«

Der Bürgermeister sah ihn dringlich fragend an. »Jetzt noch«, fragte er, »nach allem, was geschehen ist?«

Der Geschäftsführer erklärte sich: »Es ist ein Versagen der Menschheit, diese erstaunlichen Materialien geschaffen zu haben, die unser Leben in vielerlei Hinsicht verbessert haben, aber gleichzeitig so kurzsichtig zu sein, dass wir nicht darüber nachgedacht haben, was wir mit dem Abfall machen sollen. Das Recycling-Geschäft läuft falsch. Die Kunststoffe, die wir recyceln, führen zu immer schlechteren Polymeren. Unsere Getränkeflaschen werden nie wieder zu Getränkeflaschen. Sie werden zu Textilien oder Parkbänken, die dann letztlich doch auf einer Mülldeponie landen.« Er stand auf und ging zur Tür, drehte sich noch einmal halb um und ergänzte: »Es ist schon der richtige Weg mit den Mikroben. Nur die Mikroben sind nicht richtig.«

Draußen winkte der Geschäftsführer seinen Fahrer herbei. Auf der Heimfahrt machte er sich Notizen. Professor Scheuer hatte ihm berichtet, was Wissenschaftler der Universität Queensland kürzlich herausgefunden hatten: Die Larven des Großen Schwarzkäfers fressen Styropor. In Experimenten zeigte sich, dass sie es nicht nur verdauen können, sondern daraus sogar Energie gewinnen können. »Diese Superwürmer sind wie Mini-Recyclinganlagen, die das Styropor mit ihren Mäulern zerkleinern und es dann an die Bakterien in ihrem Darm verfüttern«, hatte Scheuer erklärt. Die Studie wurde im Juni 2022 in der Zeitschrift Microbial Genomics veröffentlicht. Die Alte Mühle stand noch zur Verfügung.

Die Bienenkönigin

Wir berichten über den Fall Helma G., geboren am 20. August 1900 in Mückenheim, einem Dorf im Rheinland. Der Fall ist zu unbedeutend, als dass er in irgendwelchen Annalen festgehalten wurde. Andererseits ist es ein wirklich außergewöhnlicher Fall, so dass zumindest hier in diesem unbedeutenden Büchlein berichtet werden soll.

»Jetzt schlüpft es«, sagte Bauer Schmitz, »schaut, das Eizähnchen. Mit dem kann das Küken die Eierschale von innen aufbrechen.«

Evi staunte und hörte dem leisen Piepsen zu. Bauer Schmitz redete weiter und störte eher beim Geburtsvorgang mit seinen schlüpfrigen Erklärungen. Hinterher war dennoch etwas bei dem kleinen Mädchen hängengeblieben. Ein Küken schlüpft aus einem Ei, ein Baby aus einer Frau. Vorher war das Baby auch in einem Ei, einem Ei von der Frau, das von einem Mann befruchtet wurde, damit es sich ordentlich entwickeln kann. Bloß hat die Frau keine Eierschale darum herum gebaut, weil sie es bevorzugt, ihr Ei nicht irgendwo ins Stroh zu legen und sich eine Zeitlang draufzusetzen, bis es ausgebrütet ist, sondern dass sie es lieber in ihrem Bauch behält, bis es soweit entwickelt ist wie das Küken, das aus dem Ei schlüpft, um das Licht der Welt zu erblicken, während das Menschenkind keine Eihülle durchbrechen, stattdessen einen Geburtskanal durchdringen muss, um eben dieses Licht zu erblicken, mithin bis es ›geboren‹ wird, als ob es vorher nicht auf der Welt gewesen wäre. Nun gut, jetzt ist es da. Das Küken hier, das Baby dort. Das Küken bekommt keinen Namen, das Baby ist ein Mädchen und heißt Helma.

»Alles aus Milch«, staunte der Vater über seine »kleine Made«, die sich tatsächlich herumwälzte und sich bald schon selbstständig vom Bauch auf den Rücken drehen konnte. Nur vorwärts ging es erstmal nicht. Eine Made kann einzelne Körperabschnitte wie ein Regenwurm abwechselnd strecken und zusammenziehen mit Längsmuskeln und Ringmuskeln, die Helma nicht besaß; also brauchte sie ihre Ärmchen und Beinchen, um sich fortzubewegen, was nach geraumer Zeit auch zunehmend gelang. Bald konnte die kleine Helma laufen, wie das Küken es schon vor ihr konnte, wohingegen eine echte Made noch einen kurzen und doch weiten Weg vor sich gehabt hätte, weil sie einige Metamorphosen durchlaufen müsste; nach dem überwundenen Eistadium würde das Larvenstadium mit einer Verpuppung enden, bis sie endlich als Honigbiene erwachsen wäre und letztlich einen doch völlig andersartigen Weg genommen hätte als das Vögelchen oder das Menschlein. Theoretisch konnte das erwachsene Hühnchen auch fliegen, tat es aber widerwillig und kaum. Helga konnte und tat es gar nicht. Das Bienchen konnte es sehr wohl und die drei waren sich unausgesprochen einig, dass für jeden von ihnen alles so in Ordnung war.

Helma G. wurde eine Frau, eine hübsche Frau mit haselnussbraunen Augen. Die dunkelblonden Haare hatte sie zur Wasserwelle geformt, seit sie 16 Jahre alt war. Im Krieg waren Dauerwellen aus der Mode gekommen beziehungsweise aus finanziellen oder technischen Gründen problematisch herzustellen. Helma drückte ihre nassen, glatt gekämmten Haare nach dem Waschen mit den Fingern nach oben und verschob sie dann seitlich, wobei sie immer im Wechsel eine Reihe nach links und eine nach rechts verschob. Dafür nahm sie gern eine Stunde in Anspruch, wenn es nur nach etwas aussah, das man in den elenden Kriegsjahren als Frau vorzeigen konnte. Zu ihrem 18. Geburtstag trug Helma ein selbstgenähtes Kleidchen mit Schiffchen-Dekolleté, umgearbeitet aus Großmutters Hochzeitsgarderobe. Im letzten Kriegsjahr war die Mode immer noch streng und rationiert. Wenigstens den Trend der wadenlangen Saumlänge konnte Helma mitmachen, ohne die Regeln der Kleiderverordnung zu verletzen. Die schmale Taille war bedingt durch den Mangel an Nahrungsmitteln und dadurch, dass das Deutsche Modeamt das Korsett noch nicht verdammt hatte. Wie ihre Freundinnen wollte Helma auch in der Kleidung nicht vollständig auf ein Erscheinungsbild verzichten, dem der Mangel nicht sofort anzusehen war. Den Geburtstag feierte sie allerdings allein mit ihrer älteren Freundin Evi Schmitz, denn Jungs waren rar und die Deppen, die nicht im Kriegsdienst waren, ließen Helmas Eltern nicht in die Wohnung.

Und nun kommen wir zu der wahren Geschichte der Helma G. aus einem Dorf im Rheinland. Es war Anfang 1920, Nachkriegszeit, in der sich amerikanische und britische Truppen wieder zurückzogen und den Franzosen und Belgiern das Rheinland überließen. Helma stand in voller Blüte und im Dorf gab es fast keine Jungs außer den Deppen. Helma hatte einen flüchtigen Kontakt mit einem von denen, der war aber zu doof, um ihr etwas vermitteln zu können. Die französischen und belgischen Soldaten, die für Helma längst nicht die Rolle spielten, die sie den Rheinländern vorspielten, sahen sich in eben der Rolle, wie die Mädchen der Region: Von ihrem nationalen Geschlecht gab es hier zu viele und vom anderen zu wenige. Die deutsche Helma blieb dabei mehr oder weniger standhaft im Glauben an ihre Nationalität. So schwer es ihr fiel, sie ließ kaum etwas zu: Unbedeutende Kontakte bei Bier und Zigaretten, flüchtige Tändeleien, ein Küsschen hier, ein Fingerchen da, aber doch nichts Ernstes.

Bis die inneren Turbulenzen kamen, der Heißhunger, das Erbrechen, die Unterleibskrämpfe. Die Mutter glaubte, Helma sei schwanger von einem Unbekannten, der Vater hörte es, wollte sie prügeln, konnte aber mit dem einzig vom Krieg verbliebenen Bein nicht hinterher. Da war Helga fortgelaufen aus dem Dorf. Es war nicht sehr weit bis Köln, wo sie bei ihrer alten Kameradin Evi Unterschlupf fand. Schon am zweiten Tag, da Evi ihre Freundin auf die durchgelegene Matratze kotzen sah, schleppte sie Helma zu Dr. Prokoff, ihrem eigenen Hausarzt. Dr. Prokoff nahm sich die Zeit, sie gründlich zu untersuchen, nachdem die nachkriegsleidenden Patienten, physisch und psychisch stark angeschlagen, für heute verarztet waren und Helma wohl geraume drei Stunden im Wartezimmer verharrt hatte. Schon die Antwort auf seine erste Frage machte ihn stutzig, nämlich, wann sie zuletzt ihre Periode gehabt hätte, welche sie mit großen Augen beantwortete: »Periode?«

»Na, wann sie unten zuletzt geblutet haben, Sie wissen doch.«

»Ich?«

»Ja, ich vielleicht?«

»Ich verstehe nicht.«

Der erfahrene Hausarzt verstand sehr wohl, dass er es mit einer unaufgeklärten jungen Frau zu tun hatte, zu deren näherer Untersuchung ihm in seiner Hausarztpraxis die Mittel und Instrumente fehlten. Also überwies er sie zur ambulanten Behandlung ins Krankenhaus in Köln-Kalk und sah sie fortan nicht wieder. Allerdings hatte das Krankenhaus ihm einen Arztbrief übermittelt, der sich folgendermaßen las:

»Wir berichten über Ihre Patientin Helma G., geboren am 20. August 1900 in Mückenheim/Rheinland. Frau G. wurde am 10. Februar 1920 um 9 Uhr 15 bei uns vorstellig. Sie befand sich in leicht verringertem Allgemeinzustand, klagte über Heißhunger, Erbrechen und Unterleibskrämpfe, mithin klassische Schwangerschaftssymptome, weshalb sie zunächst in unserer Gynäkologie untersucht wurde.

Eingangs und mehrmals während des weiteren Aufenthaltes wurde eine stark schwankende Herzfrequenz zwischen 60 und 140 Schlägen pro Minute festgestellt, während sich der Blutdruck mit keiner der üblichen Messmethoden ermitteln ließ. Dazu wird abschließend Stellung genommen.

Mit den üblichen zeitgemäßen Methoden ließ sich eine Schwangerschaft nicht feststellen, ebenso wenig Erkrankungen an der Gebärmutter und den Eierstöcken. Es wurden sodann die Basisverfahren einer körperlichen Untersuchung durchgeführt, fokussiert auf die Abdomen-Untersuchung: Äußerliche Inspektion unauffällig. Einige ungewöhnliche Feststellungen ließen sich bei der Auskultation machen. So waren keinerlei Darmgeräusche und Peristaltik erkennbar, es herrschte Stille. Bei der Perkussion ergab sich ein leichter Verdacht auf tympanitischen Klopfschall, wie er vor allem über gasgefüllten Organen, z.B. Darmschlingen, auftritt. Hier ist die Interpretation schwierig. Die Palpation ergab ein weiches Abdomen ohne

Druckschmerz und Peritonismus. Tiefe Palpation aller vier Quadranten ohne tastbare Resistenzen.
Insgesamt ergibt sich folgender Befund beim Abdomen: Eine Schwangerschaft ist nicht auszuschließen, die Untersuchungen weisen jedoch eher auf eine ungewöhnliche Konstellation und Konsistenz des Abdomens hin, wie er von entweder sehr flüssigkeits- oder gasgefüllten Systemen bekannt ist.
Unter Nichtannahme einer Schwangerschaft und zur Festigung eines Gesamtbildes der inneren Organe wurde ergänzend der Brustraum untersucht. Unsere Bemühungen brachten allerdings mehr Fragen als Antworten auf. Es waren physiologische Herztöne zwar vorhanden, jedoch in unbekannter Ton- und Schlagfrequenz sowie lokalisierbar rein dorsal auf voller Rumpflänge. Es vermittelte sich uns der Anschein, als wäre das Herz ein Schlauch mit zahlreichen seitlich angeordneten Klappen. Gefäß- und Lungenuntersuchung scheiterten vollständig, so als wären diese Organe unkonventionell formiert bis nicht vorhanden.
Diese Befunde sind vollständig unerklärlich und bedürfen weiterer Untersuchungen, ebenso die erfolglose Messung des Blutdruckes.
Die Patientin wurde über Nacht in unserem Hause behalten und beobachtet, am nächsten Tag unter deutlich verbesserten Ursprungssymptomen und auf eigenen Wunsch entlassen.«

Der Arztbrief hinterließ einen kopfschüttelnden Hausarzt und fand weiter keine Beachtung.

Helma G. indessen hatte von ihrer Untersuchung immerhin einiges mitbekommen und verstand gerade so viel, dass mit ihr etwas nicht ganz gewöhnlich sei. Da es ihr besser ging und eine Schwangerschaft sich als zumindest unwahrscheinlich herausgestellt hatte, beschloss sie, angesichts der aussichtslosen Zustände in Köln ins Elternhaus nach Mückenheim zurückzukehren und fand sogar in Evi eine Mitstreiterin beim Wiederaufbau der Heimat, die zugegebenermaßen weit weniger unter Bombardierungen gelitten hatte als die Großstadt. Nichtsdestotrotz waren die belgischen und französischen Soldaten noch da und hatten sich das alte Schulhaus als Unterkunft hergerichtet, von dem aus sie in Mannstärke von vielleicht dreißig oder fünfunddreißig tagsüber die nächstgelegenen Dörfer patrouillierten und des Nachts regelmäßig in Feierlaune gerieten.

Hatten wir vorhin formuliert, dass Helma aus dem Dorf fortgelaufen war, so hat man sich das nicht als Dauerlauf vorzustellen, sondern als Reise in Etappen, die mangels öffentlicher Verkehrsmittel tatsächlich streckenweise zu Fuß zu absolvieren war und nur zufällig hier und da durch Kutschfahrten erleichtert wurde. Helma konnte die Rückreise mit ihrem äußerst leichten Gepäck in Form eines kleinen Köfferchens relativ unbeschwert antreten, Evi jedoch nicht ihren gesamten Hausrat auf einmal mitschleppen, der sich immerhin zwischenzeitlich auf eine Matratze, einen Tisch mit Schemel, eine Truhe ohne Deckel, Kleidung und Kochgeschirr ausdehnte, dessen augenblicklicher Transport eine Kutsche wohl gefüllt hätte. Also entschloss sich Evi, den Mietzins für einen Monat im Voraus zu zahlen und den Hausrat später abzuholen, wodurch sich die erste Rückreise zumindest auf drei Tage verkürzen ließ. Am Karnevalsfreitag kamen die Freundinnen spätnachmittags auf einem Benz Lkw mit Stahlrädern, die während der Rohstoffnot des Krieges wieder die Vollgummiräder ersetzen mussten, in ihrem Heimatdorf an. Der alte Postbote, der mit dem Fahrzeug die Post über Land brachte, lieferte im Gasthof Zur Linde seine Briefe und Pakete ab und bedankte sich für die unterhaltsame Reise, die ihm ansonsten recht langweilig geraten wäre.

Die Eltern G. waren höchst erfreut. Helmas einbeiniger Vater vergoss nicht nur ein paar Tränen, sondern gar auch eine Flasche Moselwein auf die verlorene und wiedergefundene Tochter, wie auch auf Evi, die ihm noch wohl bekannt war und die wegen Platzmangels im bäuerlichen Elternhaus in Helmas Zimmer aufgenommen wurde. In den folgenden Tagen war genug Beschäftigung im Haus und darum herum, vor allem im Holzschuppen, den der Vater begonnen hatte zu erneuern, um eine eigene Schweinezucht in Gang zu bringen. Beim Bauer Schmitz war am Tag zuvor durch ein Missgeschick die Scheune abgebrannt, in der noch gut zwanzig Schweine Kriegsunterschlupf gefunden hatten und die der Bauer jetzt rasch und heimlich pachtweise auf die Dorfbevölkerung zu verteilen trachtete, bevor sie von den Besatzungstruppen gefeiert wurden. Noch in dieser Nacht trieben Helma, Evi und Vater G. jeder ein Schwein vom Bauernhof in den halbgezimmerten Schuppen herüber. Im Überschwang des neuen Glücks spendierte der Vater eine weitere Flasche Moselwein ausschließlich für die Mädels, die mit der Flasche und den Schweinen eine gemeinsame Nacht im Holzschuppen verbrachten. Da Evi gegen Ende der Flasche recht laut geworden war, ließ es sich nicht vermeiden, dass ein allein patrouillierender Franzose auf das seltsame Gelage aufmerksam wurde. Man kicherte ein wenig hin und her, der einsame Soldat entfernte sich kurz und kehrte mit einer Kiste Bier und einem Kameraden zurück. Am Samstagmorgen lagen zwei Frauen, zwei Männer und drei Schweine im Stroh und davor stand ein

Herr G., der nicht wusste, ob er gewaltig fluchen oder sich lieber still ins Haus zurückziehen sollte. Er zog Letzteres vor und ließ sich die Gesellschaft allmählich sortieren und auflösen. Weiter war nichts passiert, auch die Schweine waren nicht konfisziert worden, nur Helma war dicker geworden. Sie bekotzte sich auch wieder, hatte Heißhunger und Unterleibsschmerzen wie zuvor und wurde von Mutter G. und Evi in ihrem Zimmer auf die Matratze gebettet.

Am Sonntagmorgen musste Vater G. dann feststellen, dass wiederum drei Schweine und zwei Mädchen, diesmal aber sieben oder acht Herren mehr oder weniger in Uniform im Stroh lagen und daneben weitere leere Kästen und sogar ein Fass Bier. Er war geradezu fassungslos, als sich die Mehrzahl der ausländischen Gäste gegen Mittag berappelt hatte und tatkräftige Hilfe beim Wiederaufbau leistete. Helma mit einem Bauch wie ein Mehlsack lag schon wieder im Stroh und ließ sich von einem Herrn mit dem Rangabzeichen eines französischen Militärarztes behandeln. Dem verdutzten Vater erklärte der Arzt »La reine doit vivre«, was Herrn G. nicht verständlich war und ihn noch weiter verdutzte. Die Soldaten hatten den Schuppen inzwischen vollständig hergerichtet und sogar noch drei weitere Schweine von Bauer Schmitz hinzugetrieben. Und es kam noch toller. Zuerst zog eine fünfköpfige fremde Familie mit zwei Handkarren durch das Dorf und kam erschöpft neben dem Holzschuppen zum Stehen. Nach Mittag kam ein ganzer Treck von Flüchtlingen nach Mückenheim, vielleicht auf der Flucht vor Besatzungstruppen, die sich anderswo nicht so freundlich zeigten wie hier, vielleicht weil es Mundpropaganda gegeben hatte, dass in Mückenheim alles zum Besten stünde, vielleicht weil die hiesigen Soldaten selbst dafür gesorgt hatten, dass dieses Dorf wachse und gedeihe, denn mehr von ihrer Sorte fanden sich am Nachmittag im Gleichschritt organisiert vor dem alten Schulhaus ein und besiedelten es nun vollständig geradezu als Hundertschaft. Vater und Mutter G. konnten sich nicht den geringsten Reim auf die Vorgänge machen und auch der Dorfvorsteher Mützenich stand, den Hut in der Hand sprachlos vor dem Holzschuppen, in dem und vor dem ein eifriges Treiben stattfand, dessen Sinn sich nicht erschließen ließ. Auch der hilfsbereite Militärarzt brachte, nachdem er seinen Dienst an der Königin verrichtet hatte, keine rechte Erleuchtung durch die Worte: »Demain c'est le lundi des roses.«

Mit Helma war nicht zu reden. Man hatte ihre Matratze mitten auf ein hohes Strohlager im Schuppen drapiert, auf der sie halb sitzend, halb liegend, für ihre Eltern unzugänglich, mit der Hand an der Stirn still zu leiden schien. Vater G. dachte still bei sich und schämte sich vor sich selbst bei dem Gedanken, dass eine Frau unmöglich in zwei Tagen so dick mit Samen aufgepumpt werden könne. Nur Evi hatte eine Erklärung parat, nämlich die, dass Morgen Rosenmontag war.

So war es: Montag, der 16. Februar 1920, war Rosenmontag im Rheinland. In Köln gab es keine Umzüge, denn die Besatzungstruppen dort hatten es verboten. Hier in Mückenheim war es ganz im Gegenteil eine Veranstaltung, die offenbar von Freund und Feind von nah und fern nicht nur geduldet, sondern gemeinsam organisiert zu werden schien. Schon am frühen Morgen reihten sich Gefährte aller Art zwischen Schulhaus und Dorfplatz hintereinander auf: Von Bollerwagen über Pferdekutschen bis zu zivilen und schließlich auch militärischen

Kraftfahrzeugen, alle herausgeputzt und geschmückt mit allem, was sich an bunten Fetzen auftreiben ließ. Zwischen dem Wohnhaus und dem Schuppen von Familie G. wurden Tische und Bänke herangeschleppt und regelrechte Büffets aufgebaut mit Speisen und Getränken, die wohl nicht allein vom Krieg hier übrig geblieben sein konnten, sondern von unsichtbarer Hand gut organisiert aus ferneren Gegenden herangebracht worden sein mussten. Die Schuppentür war verschlossen, rechts und links davon waren soldatische Wachen postiert und weder Vater noch Mutter G. trauten sich, ihr Eigentum störend zu berühren, um nach ihrer Tochter zu sehen, die doch dahinter auf ihrer Matratze wohl auf dem Strohhaufen liegen und leiden musste.

Es war genau 11 Uhr 11. Der Rosenmontagszug setzte sich in Bewegung. Unergründlich, wo dieser Tage eine Musikkapelle aufzutreiben war, aber eine solche setzte sich an der Spitze des Zuges in Bewegung mit einem Marsch, den man im Rheinland nicht kannte, und dahinter belgisch-französische Soldaten, die im Chor riefen »Marche, marche vers la reine.« Dahinter kamen die ersten Bollerwagen mit Wein und Speck und bunte Fußgruppen, die tatsächlich etwas Verständliches riefen, nämlich schlicht und einfach »Alaaf« und dem begeisterten Dorfpublikum tatsächlich Wein und Speck wie Blumensträuße zuwarfen, darauf eine richtige Kanone auf einem Lastkraftwagen, die ständig mit lautem Puff Konfetti über die Menge schoss. Es folgten weitere Fußgruppen, die man hier nicht kannte, vermutlich war die ganze weitläufige Gegend auf diesen einzigen Rosenmontagszug im Rheinland konzentriert worden. Diese aber riefen weder zum Marschieren auf noch »Alaaf«, sondern kauderwelschten doch recht deutlich vernehmbar in rhythmischen Gleichklang »Zur Königin, zur Königin«, als ob ein Dreigestirn aus Prinz, Bauer und Jungfrau dieses Jahr nichts zu sagen hätte. Hinterdrein fuhr ein endloser Konvoi von Militärfahrzeugen, darunter sogar deutschen, zwischen ihnen Fußgruppen von französischen, belgischen und deutschen Soldaten in vollen militärischen Uniformen, friedlich nebeneinander, hintereinander, durcheinander in einträchtiger Festtagsstimmung, jeder mit einem bunten Federbusch auf dem Helm, winkend und johlend, ohne dass der ganze Zug durch einen krönenden Prinzenwagen zum Abschluss gekommen wäre. Der krönende Abschluss fand woanders statt.

So viele Menschen hatte Mückenheim noch nie zuvor beherbergt. Vor dem Schuppen der Familie G. kamen die ersten Wagen zum Stehen, entließen ihre Insassen und der Fahrer räumte jeweils das Feld für die nachfolgenden Gefährte, so dass sich nach und nach hunderte von jubelnden Menschen dicht an dicht drängten, alle mit dem Blick nach vorn, zum Holzschuppen hin. Die Kapelle platzierte sich etwas seitlich hinter den gedeckten Tischen und spielte vom Kapellmeister trefflich dirigiert eine gut eingeübte tragende Melodie, die vielleicht die imaginäre Hymne einer unbekannten Siegermacht sein mochte, in ihrer ganzen getragenen Feierlichkeit wie von weit her getragen wurde, zugleich in ihrem Rhythmus seltsam zum Mitschunkeln einlud und nur irgendwo tief im Unterbewusstsein des einen oder anderen jetzt schweigenden Zuhörers einen gewissen Bekanntheitsgrad erreichte, dann verebbte und verblasste, während ein älterer, würdig aussehender Herr mit gepflegtem grauem Backenbart und in streng gebügeltem grauem Anzug, einen Zylinder in der Hand, mit gesetzten Schritten feierlich zur Schuppentür schritt. Die Wachen salutierten vor dem Prinz-Karneval-Ersatz, der sich umdrehte und verkündete: »Mesdames et messieurs, la reine des abeilles.«

Einen Moment herrschte im Dorf und der ganzen Welt ein tiefes Schweigen. Dann öffneten die Wachen das Schuppentor und das Schweigen schlug um in grenzenlosen Jubel und Applaus. Soldaten postierten sich vor dem Schuppen und bildeten ein organisiertes Spalier, auf das der feine Prinz-Karneval-Ersatz freundlich mit der Hand zeigte und offenbar jeden einlud, nacheinander der Königin zu huldigen. Er sprach dazu die Worte: »Mesdames et messieurs, présentez vos respects maintenant.«

Es war genau 14 Uhr 23, als Vater und Mutter G. an die Reihe kamen, ihre Tochter zu bestaunen. Draußen spielte die Kapelle lustige Lieder, je näher die Eltern der Schuppentür kamen, desto unruhiger wurden sie und desto leiser spielte die Musik in ihren Ohren. Endlich, die letzte Biegung um die Tür herum und sie standen im Schuppen und sahen Helma hoch oben auf dem großen Strohhaufen auf ihrer hochgeknickten Matratze halb sitzend, halb liegend, das Kleid ein wenig nach oben geschoben, damit zwischen ihren Beinen genügend Luft war, ohne dass man aber auch von unten höher als bis zu den Waden sehen konnte, wie sich ein Punkt nach dem anderen aus dem Kleid hervorlöste, mit kleinen Beinchen die Fühler putzte, die Flügelchen schwirrend härtete und aufheizte und seitlich nach oben flog, bevor ein bis zwei andere Pünktchen unter dem Stoff hervorkamen und auf die gleiche Weise nacheinander emporflogen, während unten das Menschenvolk vorbeidefilierte, einen Knicks oder eine Verbeugung machte und dem nachfolgenden Exemplar den Weg frei machte und sich unten aus der Szene verabschiedete wie oben die Bienen.

Allerdings flog nicht ein Bienchen davon, ohne ein Menschlein zu beehren, indem sich auf dem gemeinsamen Weg nach draußen ein jedes auf die geöffnete rechte Hand setzte, wie eine von unsichtbarer Hand dargereichte Hostie, nur dass sie nicht zum Mund geführt, sondern...

Ein aktueller Arztbrief hätte an dieser Stelle festhalten müssen, dass sich Helma G. in gutem Allgemeinzustand trotz hoher Herzfrequenz und nicht messbarem Blutdruck befand. Der Brief hätte ferner festgehalten, dass bei einer inneren Beschau ein offenes Blutgefäßsystem festgestellt wurde, wodurch die inneren Organe von Blut umspült wurden, was nebenbei einen Blutdruck überflüssig machte, dass es schließlich entlang des Rückens ein schlauchförmiges pumpendes Herz gab und letztendlich die äußerlich als menschliche Frau erscheinende Gestalt im Inneren eine Honigbiene war, eine tierisch-menschliche Bienenkönigin, wobei, wenn man andererseits die Entomologie bemühen wollte, diese wiederum nicht die gewohnten wissenschaftlich korrekten Strukturen und Abläufe der Insektenwelt zu erkennen vermochte, vielmehr das so allgemein verehrte Konstrukt eine mystische Dimension für sich beanspruchte, um den eigenen Sinnen einen Sinn geben zu können, nämlich dass man daran glauben musste, was man vor sich wahrnahm, sonst hätte es keinen Sinn und man wäre von Sinnen, was man nicht sein wollte und sollte, denn in ähnlich komplizierter Weise war doch auch Jesus Christus am dritten Tag von den Toten auferstanden und seinen Jüngern in leiblicher Gestalt erschienen. Und hier in Mückenheim war am Rosenmontag im Jahr 1920 kein Mensch, der nicht glaubte, was geschah, gerade auch deshalb, weil alle friedlich miteinander zusammen standen und ein gemeinschaftliches Gefühl entwickelt hatten, nach dem sie sich jahrelang gesehnt hatten und noch lange sehnen sollten, in diesen Stunden aber sich auferstanden aus Ruinen fühlten.

Aber wie gesagt: Der Fall Helma G. ist zu unbedeutend, als dass er in irgendwelchen Annalen festgehalten wurde.

Der verlorene Geburtstag

Erik Andersson kam am 30. Februar 1712 zur Welt und hatte fortan nie wieder einen eigenen Geburtstag.

Feuer, Krieg und Tod

In Uppsala hatten die normalen Leute im Jahr 1712 selten einen Nachnamen. Allenfalls Adelige, Handwerker und Soldaten führten Familiennamen. Wenn ein einfacher Schwede gezwungen war, einen Nachnamen anzunehmen, zum Beispiel weil er nach Amerika auswanderte oder weil es – wie in unserem Fall – problematisch war, wenn von tausend Soldaten zweihundert auf den Namen Anders hörten, dann wählte er gern den Vatersnamen, das sogenannte Patronym. Soldaten wurden in Schweden gerade zuhauf gebraucht und tatsächlich nicht schlecht entlohnt. Deshalb hatte Eriks Vater Anders just nach Eriks Geburt beschlossen, seine schlecht bezahlte Stelle als Schmiedegehilfe aufzugeben und Soldat zu werden, denn Erik war das dritte Kind von Anders und Malyn und Anders Gesellenlohn für fünf Personen allzu knapp geworden. Folglich hatte Anders den Nachnamen erst mit seinem Eintritt in die Armee angenommen und hieß seither Anders Petersson, also »Sohn von Peter«, denn sein Vater hieß Peter. Peter war Hilfsschreiber in Uppsalas Stadtkanzlei, weil er einigermaßen schreiben und lesen konnte, zu einem Patronym hatte ihm die untergeordnete Stellung als ›Kontorsbiträde‹ jedoch nicht hinreichend Anlass gegeben. Immerhin wurde es mit Anders Militärkarriere doch Familientradition, dem eigenen Kind einen Nachnamen mitzugeben, so dass der kleine Erik den vollen Namen Erik Andersson erhielt, obwohl er anlässlich seiner Geburt weder nach Amerika auswandern noch in der Armee dienen wollte. Seine Mutter Malyn trug lieber keinen Nachnamen. Hätte sie den Vornamen ihres Vaters Odde mit der für Töchter üblichen Endung -dotter angehängt, dann hätte sie Malyn Oddedotter geheißen. Den erwartbaren Spott wollte Malyn den Nachbarn nicht gönnen.

Erik Andersson war nicht der einzige Schwede, der am 30. Februar 1712 geboren wurde, das mögen wohl gut einhundert gewesen sein, aber er ist der einzige, an den wir uns erinnern. So wenig, wie mit Nachnamen hatten es die Schweden damals mit dem Kalender. Die einfachen Leute wussten nicht, welches Datum war, selbst die Wochentage unterschieden sich kaum voneinander, der Sonntag war in der Regel ein Alltag und nur selten als Wochenpause geregelt. Eher schon waren ihnen Monate bekannt und ganz gewiss die Jahreszeiten. Auch Eriks Eltern hatten weder Grund noch Möglichkeit zu notieren, wann ihre Kinder geboren wurden, denn einerseits musste der Nachwuchs nicht amtlich registriert und mit einem Personalausweis versehen werden, andererseits hätten Anders Petersson und Malyn es nicht gekonnt, weil sie des Schreibens unkundig waren. Für sie waren die Jahrestage ihrer Kinder unwichtig und es gab keinen Anlass, Geburtstage zu feiern, umso weniger als schon seit 12 Jahren der Große Nordische Krieg in und um Schweden herumtobte. Damit nicht genug, hatte in der Nacht vom 15. auf den 16. Mai 1702 ein Großfeuer fast die ganze Stadt Uppsala verwüstet und es dauerte Jahrzehnte, bis die Stadt wiederaufgebaut war. Viele Menschen waren nach dem Brand ruiniert. Immerhin machte der Wiederaufbau ordentlich Arbeit und brachte Beschäftigung mit sich, sodass Eriks Vater, Anders Petersson, überhaupt erst eine Anstellung finden und seine Schmiedelehre beginnen konnte. Als Anders Petersson 1712 zur Armee ging, nahm eine weitere Tragödie ihren Lauf, letztlich aber gar nicht zuungunsten des kleinen Erik. Anders starb im Sommer 1715 in der Seeschlacht bei Jasmund, ehrlicher ausgedrückt: Auf dem Weg dorthin. Für die Marine war er weder ausgebildet worden noch tauglich, schwimmen konnte er auch nicht, nur kotzen – und dabei ist er über Bord gegangen.

Malyn hat nie eine persönliche Todesnachricht erhalten, aber erfahren hat sie am Anfang des Jahres 1716, dass sie kein Geld mehr bei der Rentkammer bekam, der örtlichen Kriegs-Zahlstelle, die in der Stadtkanzlei von Uppsala untergebracht war. Ohne Mann und Geld waren drei Kinder nun nicht mehr zu ernähren. Es dauerte eine Weile, bis ein über Bord gegangener Soldat im Großen Nordischen Krieg namentlich als gefallen gemeldet wurde, und so traf ein diesbezügliches Schriftstück in Form einer längeren Liste erst Ende 1715 bei der Zahlstelle ein, wo man amtlicherseits dafür sorgte, dass der Sold wegen Untätigkeit fürderhin gestrichen wurde. Als Malyn sich bei ihrem Schwiegervater ausweinte, machte der sich auf die Suche nach besagtem Dokument, das irgendwo in seiner nach dem Großbrand noch immer verstreut untergebrachten Behörde zu finden sein sollte. Er fand die Rentkammer, er fand die besagte Liste und er fand hernach, dass er Malyn und seine Enkel Rurik, Tomte und Erik nun irgendwie unterstützen musste. Opa Peters diesbezügliche Idee war genial und in kürzester Zeit erfolgreich: Sein Dienstherr war Tjorben Gustafsson, genannt Bemästra Gustafsson und seines Zeichens Stadtschreiber. Dieser Tjorben Gustafsson hatte ihm selbst seine Stelle verschafft, weil er ihn seit seiner Kindheit kannte und mochte. Tjorben war mit Malyn in unmittelbarer Nachbarschaft aufgewachsen und hätte sie in seiner Jugend sogar geheiratet, hätten seine Eltern nicht verordnet, dass er zum Studium nach Stockholm ging. Meister Gustafsson war ledig und kinderlos, nahm die Ersatzfamilie in sein Haus auf und im nächsten Sommer heiratete er seine Jugendfreundin Malyn. So hatten Erik Andersson und seine Brüder am Ende ganz ordentlich von Anders Tod profitiert.

Während Malyn den Haushalt besorgte, sollten die Kinder nach Ansicht ihres neuen Stiefvaters im Winter täglich und im Sommer wenigstens ein- bis zweimal in der Woche zur Schule gehen. Zunächst wurden sie auf ihre Schulreife getestet: Rurik und Tomte erfüllten die Anforderungen, sie wogen über 20 Kilo und konnten mit einem Arm über den Kopf das Ohr auf der anderen Seite anfassen. Erik schaffte die Waage nicht. Er durfte wählen: Schule oder Stadtverwaltung. Erik wählte beides. Nach Lust und Laune bestimmte er selbst, wie er den Tag verbringen wollte. Solange die städtischen Lehrer dem Fünfjährigen nicht zu streng erschienen, durften sie ihm Rechnen, Schreiben und Lesen beibringen. Sobald sie zur Rute greifen wollten, verließ er die städtische Schule notfalls schon am Vormittag und tummelte sich mit Erlaubnis des Bemästra Gustafsson in Opa Peters Nähe in der Stadtverwaltung, wo er mitunter auch anderes lernte, zum Beispiel wie man Tee kochte oder feinen Damen am Rock zupfte oder wie die höheren Beamten während der Bürostunden mit Kuchen und Kornbranntwein ihren Geburtstag feierten. Dabei erhielten sie von den städtischen Angestellten kleine Geschenke aller Art. Dass die Herren den Jahrestag ihrer Geburt feierten, konnte Eriks Aufmerksamkeit nicht entgehen, zur Selbstreflektion fand er dennoch keinen hinreichenden Anlass; er war damals nur Schüler.

Über die Fehlbarkeit der Kalender

Erik Andersson wuchs heran und besuchte die Upsala'sche Stadtschule bald regelmäßig, die sich im Zuge des Wiederaufbaus der Stadt selbst ordentlich entwickelte. Bemästra Gustafsson erkannte beizeiten, dass gute Schulen notwendig waren, um gute Beamte für die Stadtverwaltung heranbilden zu lassen. Stets nahm er positiven Einfluss auf die wechselnden Bürgermeister, damit sie die Schulentwicklung über die Jahre hinweg beförderten, sodass sich ein Zweig der Schule zu einer höheren Gelehrtenschule, einem Gymnasium entwickelte. Tjorben Gustafsson war es auch, der Eriks Talente erkannte und sie bald dergestalt zu fördern begann, dass der Junge einerseits die höhere Schule besuchen durfte und zugleich als Copiist ohne Bezahlung in die Verwaltung eingebunden wurde. Der Copiist Erik war mächtig stolz auf sein Amt, auch wenn es nichts weiter als Abschreiber bedeutete und man ihm verschiedene wenig bedeutsame amtliche Dokumente vor der Beglaubigung zur Abschrift hinlegte. Sogar einen Eid musste er schwören, dass er Verschwiegenheit über den Inhalt solcher Schriften wahrte. Die Brüder gingen derweil bei dem alten Schmied in die Lehre, der schon Vaters Lehrmeister war, zuerst Rurik, als er 12 war und später auch Tomte. Der Schmied hatte viele Aufträge zunächst durch den Krieg, der langsam zu Ende ging, und dann durch den Wiederaufbau der Stadt wie auch des Landes.

Was Erik Andersson auf dem Gymnasium zunehmend interessierte, war das Rechnen, vor allem die Geometrie, und das neu eingeführte Lehrfach Physik. Da er sich dieser Fächer so vorrangig befleißigte, bot ihm Stiefvater Tjorben an, ihn auch fürderhin zu alimentieren und ihn zum Studium der Astronomie und der Physik bei der Hochschule anzumelden. So bestieg Erik im März 1730 zum ersten Mal die Stufen der ›Uppsala universitet‹ just in dem Semester, als Anders Celsius zum Professor der Astronomie ernannt wurde, eben dieser Celsius, der später vor allem für die Hundert-Grad-Thermometerskala und die nach ihm benannte Gradeinheit °C bekannt wurde. Anders Celsius lehrte über Planeten, Kometen und Sterne und trug nach langem Hin und Her auch zum Übergang Schwedens zum gregorianischen Kalender bei.

Erik lernte, dass es zu seiner Zeit zwei Kalender gab, die nicht ganz zusammenpassten: den julianischen und den gregorianischen. Er lernte, dass König Karl XII. am 17. Juni (nach dem julianischen Kalender) beziehungsweise am 27. Juni 1682 (nach dem gregorianischen Kalender) geboren wurde und am 30. November bzw. 11. Dezember 1718 bei der Belagerung von Frederikshald gefallen und dabei verstorben war. Er lernte, dass Karls Nachfolger Friedrich von Hessen-Kassel (später König von Schweden) am 17. April (jul.) bzw. am 27. April (greg.) Geburtstag hatte. Friedrich hatte am 27. April (greg.) 1726 seinen 50. Geburtstag mit großem Pomp gefeiert, in den größeren Städten waren Umzüge und andere Festlichkeiten veranstaltet worden, an die sich Erik noch gut erinnerte. In standesgemäß sehr viel kleinerem Maße feierte auch Professor Celsius am 27. November 1731 seinen 30. Geburtstag mit seinen Kollegen und Studenten. Diese bescheidene Feier löste in Erik Andersson nun endgültig die Frage nach seinem eigenen Geburtstag aus.

Zwei Assistenten übernahmen weitgehend die Lehrverpflichtungen des Professor Celsius. Der eine war Olof Hjorter, der 1732 zum Dozenten an der Universität Uppsala ernannt wurde, um die vakante Stelle von Anders Celsius zu besetzen, der 1732 bis 1736 auf seine große Reise durch europäische Sternwarten ging. Der andere war Servatius Svebilius, ein Enkel des Erzbischofs von Uppsala, Olof Svebilius, welcher früher auch mit der religiösen Unterweisung des noch minderjährigen Königs Karl XI. betraut gewesen war. So war auch Servatius Svebilius bei seiner naturwissenschaftlichen Arbeit sehr religiös geblieben und hatte zuweilen eigene Ansichten. Er wurde für Erik der wichtigste Lehrer, Ansprechpartner in vielen Dingen des Lebens und in gewisser Weise auch zum väterlichen Freund. Servatius feierte seinen Geburtstag jedes Jahr mit einer stillen Andacht in der Kathedrale von Uppsala, an der allein Erik teilnahm. Der Enkel des Erzbischofs kannte selbstverständlich sein Geburtsdatum, der Sohn von Anders Petersson eben nicht. Über die Jahre wurmte das Erik zunehmend, doch es ließ sich nicht ändern. Wie er auch die Kalender studierte, sein Geburtstag war nirgends verzeichnet. Einmal fragte er seine Mutter Malyn, wann er geboren wurde, doch Malyn wusste es nicht. Sie wusste nur: »Es war Winter und draußen war es matschig.« Wie sollte er damit seinen Geburtstag bestimmen?

Erik lernte die Schaltregeln kennen. »Die Menschen versuchen seit Jahrtausenden, Kalender anhand des Sonnenlaufs aufzustellen«, dozierte Servatius im Hörsaal. »Jeder Solarkalender bleibt aber ein wenig ungenau. Den julianischen Kalender kennt Ihr schon. Ihr wisst, dass Julius Cäsar ihn 45 vor Christus eingeführt hatte, um die Schaltregeln zu berücksichtigen. Ein Jahr in diesem Kalender dauert so lange wie die Reise der Erde um die Sonne. Diese Reise dauert 365 Tage, 5 Stunden, 48 Minuten und 45 Sekunden. Oder anders gesagt: 365,2422 Tage. Die überzählige Zeit von 0,2422 Tagen werden gesammelt. Nach vier Jahren ist daraus fast ein ganzer Tag geworden. Dann wird er als 29. Februar in den Kalender eingebaut. So ein Jahr heißt dann Schaltjahr und dauert 366 Tage. Merkt Ihr etwas?«

»Was denn?«, rief einer. »Man schaltet ein Jahr dazwischen.«

»Was hatte ich davor gesagt?«

»Die Zeit wird gesammelt,« wusste ein anderer.

»Wieviel Zeit?«

Die Studentenschaft schwieg.

»Ihr müsst genauer aufpassen. Schreibt es auf: Die überzählige Zeit eines Jahres beträgt 0,2422 Tage. Wenn Ihr alle vier Jahre ein Schaltjahr einfügt, wieviel Zeit ist dann abzuziehen?«

»Viermal 0,2422 Tage«, begann einer. »Das sind..., das sind....«

»Es sind 0,9688 Tage. Also nicht ganz ein Tag«, ergänzte der Dozent.

»Stimmt. Nicht ganz ein Tag«, raunte die Studentenschaft.

»Und deshalb war Cäsars Kalender schon ganz gut, aber immer noch nicht ganz genau. Wie ich schon sagte: Jeder Solarkalender bleibt ein wenig ungenau. Das julianische Jahr ist gegenüber dem Sonnenjahr um 11 Minuten und 14 Sekunden zu lang. So kommt es zu einer zunehmenden Abweichung vom Sonnenlauf. Wenn man so immer weiter zählt, dann verschieben sich allmählich die

Jahreszeiten, nach tausend Jahren schon um fast 8 Tage. Das darf natürlich nicht sein. Wie viele Tage sind denn nun 11 Minuten und 14 Sekunden?«

Der Studentenschaft rauchten die Köpfe. Dozent Servatius sah es und gab ihnen die Frage als Hausaufgabe mit.

Erik rechnete: Wie viele Tage sind denn nun 11 Minuten und 14 Sekunden? Ein Tag hat 24 Stunden, eine Stunde hat 60 Minuten, eine Minute hat 60 Sekunden. Dann hat ein Tag 24 mal 60 Minuten, also 1440 Minuten. Ein Tag hat 24 mal 60 mal 60 Sekunden, also 86400 Sekunden. Wenn 1440 Minuten 1 Tag sind, dann sind 11 Minuten: 1/1440*11=0,007638889 Tage. Wenn 86400 Sekunden 1 Tag sind, dann sind 14 Sekunden: 1/86400*14=0,000162037 Tage. Das sind zusammen 0,007638889 + 0,000162037 = 0,007800926 Tage. 11 Minuten und 14 Sekunden sind 0,007800926 Tage. Auf dem Papier ließ es sich besser rechnen als im Kopf. Aber der Kopf sagte, dass 0,007800926 Tage doch recht wenig erschienen. Immerhin: In hundert Jahren wären es 0,7800926 Tage und in tausend Jahren 7,800926 Tage. Fast 8 Tage, wie Servatius es gesagt hatte. Darunter konnte sich Erik etwas vorstellen.

Erik lernte weitere Schaltregeln kennen. Papst Gregor XIII. hatte im Jahre 1582 den gregorianischen Kalender mit verbesserten Schaltregeln eingeführt. Regel 1 besagte: Schaltjahre sind durch vier teilbar. Das war schon bei Julius Cäsar so. Allerdings sind Schalttage alle vier Jahre etwas zu viel Ausgleich, wie Servatius gesagt hatte. Das astronomische und das kalendarische Jahr werden damit nicht vollständig synchronisiert. Aus diesem Grund fallen im gregorianischen Kalender alle Schaltjahre aus, die

sich durch 100 teilen lassen – wie beispielsweise Jahrhundertwenden. Regel 2 lautete also: Ist das Jahr durch 100 teilbar, dann ist es kein Schaltjahr. Eine Ausnahme gibt es jedoch auch hier: Jahre, die sich zwar durch 100 aber auch durch 400 teilen lassen, sind dennoch Schaltjahre. Das war Regel 3. Insgesamt wird also dreimal in 400 Jahren ein Schaltjahr übersprungen.
Servatius dozierte weiter: »In 400 Jahren gibt es nach dem gregorianischen Kalender 97 Schaltjahre und ebenso viele Schalttage. Die mittlere Länge eines gregorianischen Kalenderjahres beträgt mit diesen Regeln 365 97/400 Tage, als Dezimalzahl: 365,2425 Tage. Jetzt beträgt der Fehler bei der Länge des Kalenderjahres nur noch einen Tag pro ungefähr 3231 Jahren, weil das Sonnenjahr mit 365 Tagen, 5 Stunden, 48 Minuten, und 45,216 Sekunden dem gregorianischen Kalenderjahr mit 365 Tagen, 5 Stunden, 49 Minuten und 12 Sekunden um 26,739 Sekunden hinterherläuft. So muss voraussichtlich erst um das Jahr 4813 ein Schalttag ausfallen, um das geradezubiegen. Aber auch dann bleibt der Kalender nicht absolut genau. Wie gesagt: Ganz exakt gelingt das keinem Kalendersystem, das auf mathematischen Schaltjahrregeln basiert. Es gibt noch weitere Schwierigkeiten, zum Beispiel Bahnstörungen. Die Newtonsche Gravitationstheorie zeigt, dass die Planeten ihre Bahnen gegenseitig geringfügig beeinflussen. Aufgrund dieser Bahnstörungen durchläuft die Erde ihre Bahn nicht immer in exakt dem gleichen Zeitraum. Neben diesen Bahnstörungen gibt es noch eine zweite Komplikation, die den Zeitraum zwischen zwei Frühlingsanfängen beeinflusst. Die Erde durchläuft ihre elliptische Bahn mit variabler Geschwindigkeit. Nach dem Zweiten Keplerschen Gesetz… Hört noch jemand zu?«

Die Studentenschaft hörte schon lange nicht mehr richtig zu. Mit viel Fleiß würde er das alles bald verstehen können, dachte sich Erik, aber was wüsste er eigentlich, wenn er es wüsste? Wenn er nach dem Datum gefragt würde, könnte er einfach einen der beiden Kalender nehmen. Wenn er aber nach seinem Geburtstag gefragt würde, nutzte ihm all dieses Wissen nichts. Er machte ein schlaues Gesicht und stellte noch eine Frage: »Warum liegt der Schalttag auf dem 29. Februar? Wenn im Schaltjahr ein Tag hinzugefügt wird, wäre es dann nicht logisch, diesen an das Jahr anzuhängen?«

Selbstverständlich hatte Servatius darauf eine Antwort: »Dass der Schalttag an den Februar angefügt wird, hat einen ganz einfachen Grund: Im julianischen Kalender war der Februar der letzte Monat des Jahres. Der Schalttag wurde tatsächlich an den letzten Monat des Jahres angehängt – und das war nun mal der Februar. Diese Regel gilt immer noch.«

Erik brauchte noch einige Zeit, um das Gelernte nachzurechnen und wirklich zu verstehen. Er kam zu dem Ergebnis, dass es eine überschüssige Zeit geben müsste, wenn man so lange dem julianischen Kalender gefolgt war, der 11 Minuten und 14 Sekunden zu lang war, und auf einmal auf den gregorianischen, also kürzeren Kalender umstellen wollte. Er fragte Servatius: »Wenn der julianische Kalender 45 vor Christus eingeführt wurde und zu lang ist, was passiert dann mit den überschüssigen Tagen, die sich im Kalender seitdem angesammelt haben? Wir haben das Jahr 1735.«

Auf diese Frage hatte Servatius schon seit längerem gewartet und er lobte Erik für seinen Scharfsinn.

»Papst Gregor XIII. hat dafür eine radikale Lösung verordnet: 1582 folgte auf den 4. Oktober der 15. Oktober, man strich die Tage also einfach aus dem Kalender. Das gilt aber nur für den gregorianischen Kalender, nicht für den julianischen Kalender, den wir in Schweden immer noch nutzen.«

Am Ende doch

Im stillen Kämmerlein rechnete Erik noch lange hin und her, wie es mit den Kalendern funktionierte. Auch wenn sie nicht vollkommen dem Sonnenjahr folgten, konnte es ihm am Ende egal sein, wenn daraus sein Geburtsdatum nicht abzulesen war. »Es war Winter und draußen war es matschig«, hatte seine Mutter gewusst, mehr nicht.

Bemästra Gustafsson hätte Erik gerne wieder in der Stadtverwaltung untergebracht, das Amt des Kämmerers würde bald frei werden. Doch Erik hatte sich bereits entschieden, an der Universität zu bleiben. Professor Celsius war 1736 von seiner vierjährigen »Grand Tour« zurückgekehrt, auf der er fast alle bemerkenswerten europäischen Observatorien der damaligen Zeit besucht hatte. Jetzt wollte Anders Celsius ein modernes Observatorium in Uppsala aufbauen. Er überzeugte den Universitätsrat vom Ankauf eines großen Steingebäudes im Zentrum von Uppsala und ließ ein Observatorium auf dem Dach einrichten. Es wurde erst 1741 fertiggestellt, doch schon nach Ende seines Studiums 1738 fand Erik dort seine Anstellung als Verwalter des entstehenden Observatoriums. Er überwachte den Baufortschritt, die Finanzen sowie alle weiteren Angelegenheiten, um die sich Professor Celsius nicht persönlich kümmern konnte, und lernte schnell die notwendige Buchhaltung. Im Jahr 1740 hatte er zum ersten Mal Gelegenheit, ein Schaltjahr von der praktischen Seite zu erleben: Der Monatsabschluss fand einen Tag später statt, nämlich am 29. Februar, am Ultimo. Die Arbeitnehmer mit einem festen Monatsgehalt arbeiteten einen Tag extra ohne extra Lohn. Erik registrierte das mit Entzücken und berechnete sogar, wie die Lohnstückkosten im Februar 1740 sanken: Er sparte zwar nicht an Gehältern, denn die blieben gleich. Aber die Arbeiter und Angestellten kamen immerhin einen Tag mehr zur Arbeit. Und deshalb wurde in diesem Februar mehr gebaut, mehr Instrumente eingebaut, mehr gelehrt und mehr Texte geschrieben. Das hieß: Pro Arbeitsstunde, pro Stein, pro Instrument, pro Seminar, pro Text zahlte das Observatorium unter dem Strich weniger.

Die Freude währte nur einen Tag, denn am 1. März 1740 wurde Erik zu seinem Opa Peter gerufen, der auf dem Sterbebett lag. Erik hielt seine Hand und da er in dieser Situation ungeübt war, erzählte er beiläufig von seiner jüngsten Erfahrung mit dem Schaltjahr und dass es verschiedene Kalender mit verschiedenen Längen und Schaltregeln gebe und dass Opa gerade gestern einen zusätzlichen Tag älter geworden sei und wie alt Opa nun eigentlich wäre. Opa Peter röchelte einen zunächst unverständlichen Satz. Erik schüttelte den Kopf und neigte sein Ohr näher an den Sterbenden heran, der wiederholte: »Ich weiß es nicht. Ich weiß nur, wie alt Du bist.«

Erik fragte verwirrt und verunsichert nach: »Du weißt, wie alt ich bin?«

»Du bist der einzige in der Familie, bei dem ich den Geburtstag weiß. Es war ein ganz besonderer Tag. Es war ein Freitag und es war der 30. Februar 1712. Da hast Du das Licht der Welt erblickt. Das weiß ich genau.«

Erik traute sich kaum noch nachzufragen, so angestrengt röchelte Opa seinen letzten Atem hinaus. Dennoch, er musste fragen: »Woher weißt Du das, Opa?«

»An dem Tag war Ultimo. 30. Februar. Vorher. Nie. Gewesen. Nachher. Nicht.«

Opa ging hinüber in eine andere Welt. Sein Mund zitterte etwas, dann schloss er sich halb. Malyn stand hinter Erik und streichelte still seine Schulter. Wie zum Abschied stellte Erik seinem toten Opa noch eine letzte Frage: »Warum hast Du mir das nie gesagt?«

Da öffnete der totgeglaubte Peter noch einmal den Mund: »Du hast ... mich nie ... danach ... gefragt.«

Erik Andersson war also am 30. Februar 1712 zur Welt gekommen und hatte fortan nie wieder einen eigenen Geburtstag. Er war sich dessen bewusst. Ein 30. Februar würde nicht wieder kommen.

Eriks ehemaliger Dozent und frommer Freund Servatius tröstete ihn: »Ist es nicht das Frömmste, die Geburt des Herrn wie seine eigene zu begehen?«

Erik wusste endlich, wie alt er war. Er konnte nun sogar sein Geburtsdatum angeben, was für das irdische Leben ausreichend ist. Den nächsten 24. Dezember feierte er zusammen mit Servatius still inmitten der Weihnachtsmesse im Dom zu Uppsala.

Was Servatius nicht wusste

Nur wenige Länder machten 1582 Papst Gregors Kalenderumstellung sofort mit. In Schweden wartete man damit bis 1700. Allerdings hatten einige Menschen dort eine gewisse Furcht vor der Umstellung, da sie glaubten, dass ihnen durch die Streichung der Tage aus dem Kalender auch Lebenszeit gestohlen werden würde. Deswegen entwickelte man dort eine originelle Idee: Der Kalender sollte nicht von einem Tag auf den anderen gewechselt werden, sondern schrittweise, indem man von 1700 bis 1740 alle Schalttage ausfallen lassen wollte. So wurde auch tatsächlich im Jahre 1700 der 29. Februar einfach übersprungen. Die Schweden eilten nun also dem alten julianischen Kalender einen Tag voraus und hinkten dem neuen gregorianischen noch zehn Tage hinterher. Doch der Plan scheiterte: Der Nordische Krieg brach aus und führte dazu, dass die eigentlich geplante allmähliche Reform des Kalenders in Vergessenheit geriet und doch wieder der 29. Februar in den Kalender eingefügt wurde. 1711 ordnete König Karl XII. dann sogar die Rückkehr zum julianischen Kalender an. Allerdings hatten die Schweden nun der Zeitrechnung dieses Kalenders immer noch einen Tag voraus, was sie durch einen zusätzlichen Tag ausglichen: Dies war der 30. Februar 1712, ein zweiter Schalttag.

In Schweden blieb man allerdings nur noch wenige Jahrzehnte beim alten julianischen Kalender. Beim zweiten Versuch einer Kalenderreform entschied man sich dann für einen radikaleren Schritt: Auf den 17. Februar 1753 folgte im skandinavischen Königreich der 1. März 1753 und der gregorianische Kalender war eingeführt. Da war Erik Andersson 41 Jahre alt.

Der siebte #Dämon

»Verlassen sind wir doch wie verirrte Kinder im Walde. Wenn Du vor mir stehst und mich ansiehst, was weißt Du von den Schmerzen, die in mir sind und was weiß ich von den Deinen. Und wenn ich mich vor Dir niederwerfen würde und weinen und erzählen, was wüsstest Du von mir mehr als von der Hölle, wenn Dir jemand erzählt, sie ist heiß und fürchterlich. Schon darum sollten wir Menschen voreinander so ehrfürchtig, so nachdenklich, so liebend stehn wie vor dem Eingang zur Hölle.«

Franz Kafka in einem Brief an Oskar Pollak,
8. November 1903

Antonia, Michel und Toni [Schnitter]

Am 10. Mai war im Garten-Center Behrens Hochbetrieb. Geranienzeit. In Halle 3 standen Geranien auf den großen Gewächshaustischen, soweit das Auge reichte. Ein paar Töpfe mit Geranienstrünken waren umgeworfen. Das war der Schnitter mit seinem kleinen scharfen Outdoormesser. Der hatte die Pflanzen abgeschnitten und mitgenommen. Toni Feldhaus hatte ihn beobachtet, aber nichts gesagt. Jetzt ersetzte er die geschundenen Töpfe durch neue mit blühenden Geranien. Die Arbeit als Aushilfe machte ihm Spaß. Zwischen Abitur und Biologie-Studium wollte er Geld verdienen und damit noch eine große Reise machen. Da kam ihm das Angebot von Behrens sehr recht. Behrens war der Vater seiner Mitschülerin Andrea, die ihm zuletzt immer dreister Avancen gemacht hatte, je näher die Prüfungen kamen, offenbar in der Annahme, dass Toni ihr nach dem Abitur und nach seiner großen Reise und mit seinem Studium aus den Augen geraten würde. Andrea betrachtete es als Geschenk des Himmels, dass Toni die Stelle bei ihrem Vater angetreten hatte; so hatte sie noch eine Zeitlang Gelegenheit, ihm wirklich näher zu kommen. Keine andere hatte das während der ganzen Schulzeit geschafft.

Zuhause warf Toni seine Tasche auf das Bett und richtete die Schnittblumen in der Vase zurecht. Er hatte etwas Salz ins Blumenwasser gegeben, damit sie länger frisch bleiben. Ohne Wurzeln verwelken Geranien schnell. Die WhatsApp von Andrea ließ nicht lange auf sich warten. Sie hatte sich entschlossen, bei der großen Reise dabei zu sein. Warum auch nicht. Andrea war nett und unkompliziert, unauffällig hübsch, mit langen schwarzen Haaren; die waren das einzig Markante an ihr. Er musste endlich einmal nachgeben. Punkt sieben Uhr abends stand Andrea auf der Matte und sie begannen bei Musik und Tee nach Reisezielen zu suchen. Sie saßen nebeneinander vor dem Bildschirm und je aufgeregter sie neue Sehenswürdigkeiten entdeckten, so erregter wurde die Stimmung, erst recht, nachdem Andrea ihren Arm um Toni legte und in seinen goldbraunen Haaren zu spielen begann. Beim Anblick der Traumstrände mit den Traumfiguren war es geradezu unvermeidlich, dass ihre Finger in andere Zonen gerieten, den Rücken entlang bis zur Hüfte, den Bauch entlang bis..., bis ihre Hand plötzlich wegzuckte. Toni zuckte ebenfalls. Es war ihm keineswegs unangenehm, dort berührt zu werden, aber jetzt musste er der verdutzten Andrea etwas erklären.

»Ja, ich bin eine Frau. Bin ich immer gewesen. Du bist die erste, die das merkt.«

Andrea war zwar überrascht, aber nicht schockiert. Sie fasste sich schnell.

»Ist schon ok, Toni«, sagte sie. »Ich liebe Dich auch so.«

Trotzdem klärte Toni sie auf. »Ich habe zwei große Schwestern und meine Eltern haben sich so sehr einen Sohn gewünscht. Sie haben mich Antonia getauft und Michel genannt und mich in Hosen statt Kleidchen gepackt. Kurz vor meiner Einschulung bekam Mutti noch ein Kind und Michel ist ein richtiger Junge. Da hieß ich nicht mehr Michel, sondern mein Brüderchen war auf einmal der Michel, der ich vorher war und dann haben sie mich nicht wieder Antonia genannt, sondern Toni, weil ich angeblich herbe Züge hatte.«

Tatsächlich waren Tonis Züge nicht herb, sondern überwiegend fein, mit großen Augen, geschwungenen Augenbrauen, leicht hervortretenden Wangenknochen, Schmollmund und andererseits mit markantem, kräftigem Unterkiefer, der bei dem leicht südländischen Teint nur von einem zarten Flaum bedeckt war. Auch mit seinem (ihrem) gewellten, schulterlangen goldbraunen Haar war Toni für Andrea attraktiv.

Interessiert fragte Andrea: »Steht Antonia noch in Deinem Personalausweis?«

»Ja, immer noch, aber das ist so ziemlich das einzige Dokument. Ich kann mich nennen, wie ich will. Ich habe mich an Toni gewöhnt und ich will ein Mann sein.«

»Deshalb hast Du am Sportunterricht nicht teilgenommen.«

»Genau. Und bei Klassenfahrten mit Frau Biedermann ein Zweibettzimmer geteilt. Im Grunde ganz einfach. Ärztlich attestiert.«

Sie küssten sich.

Andreas Hände glitten über Tonis kleine Brüste.

Toni und Toni [Antonia]

Nach diesem Erlebnis mit Andrea machte Toni sich Vorwürfe. Nein, nicht sich. Die Antonia in ihm machte ihm Vorwürfe. »Wie kannst Du Andrea in Dein verwirrtes Leben hineinziehen?« Toni mochte Andrea, sie gefiel ihm, er konnte sie richtig liebhaben. Sogar der Kuss war schön. Sein erster richtiger Kuss. Die Antonia in ihm aber widersetzte sich der Liebe. Sie schien solche Gefühle nicht zu kennen. Antonia stand nur auf einem Papier und führte kein richtiges Leben, schon gar kein Sexualleben. Toni hingegen war nicht asexuell. Er kannte nicht nur seinen Körper, den er pubertierend ausführlich ertastet und probiert hatte. Er kannte auch einen anderen Körper, einen einzigen.

Mit sechzehn hatte Toni ein Erlebnis in einem Bordell. Vordergründig trieb ihn Neugier, er hatte erkunden wollen, wie es im Eroscenter hinter dem Bauhof aussah. Im Hintergrund trieb ihn jedoch eine echte Lust und jetzt, wo er drin war, im warmen Nest, im schummrig-roten Licht, da klopfte ihm das Herz bis zum Hals. Männer streiften an den offenen Türen vorbei, Fremde, Unbekannte, Anonyme, einer stand vor einer verschlossenen Tür. Eine Treppe höher war weniger Betrieb. Toni wurde etwas ruhiger, nachdem er keinen Bekannten getroffen hatte und sich in der Anonymität wohlfühlte. Die Frauen waren schön, in schönen bis aufregenden Dessous, mit Lächeln voller Versprechen, mit wohligen Stimmen lockten sie ihn in ihre Zimmer, vorbei an der nächsten, noch schöneren Frau, vorbei an einer schlanken Blondine mit Pagenschnitt und einen Schritt zurück. Er stand da und starrte sie an. Die schlanke Blondine gewährte ihm Einlass und schloss die Tür. Sie war überhaupt nicht erstaunt, als Toni sich entkleidete und als junge Frau darstellte. Wahrscheinlich hatte sie in ihrem Geschäftsleben schon alles erlebt und das hier war kein bemerkenswerter Fall für sie, nicht anders als ein Herrenfriseur, der auch Damen frisierte, wenn keine andere Kundschaft da war.

Antonia hatte sich auf dem Bett ziemlich breit gemacht, um Toni die Lust zu verderben. Er hörte förmlich ihre Stimme: »Das bringt doch nichts. Die Frau hat Syphilis. Das kostet extra. Schäm Dich.« Zur Scham war kein Anlass. Behutsam und mit unglaublichem Einfühlungsvermögen bearbeitete die Blondine Tonis Körper, setzte gefühlvoll ihre Finger an die empfindlichsten Stellen und nahm schließlich einen Godemiché zu Hilfe, der sogar vibrierte. Antonia war empört, ruckelte wütend in ihm herum, aber das war nicht mehr Antonia, das war eindeutig die Blonde und das Ruckeln war Tonis Zittern der Erregung. Es war so schön. Der Dildo ließ sich auch umschnallen und Toni durfte es für ein paar Scheine mehr in umgekehrte Richtung probieren. Von Antonia kam die ganze Nacht kein Wort mehr.

Das Erlebnis wirkte lange nach. Wochenlang konnte sich Toni kostenlos an der Erinnerung erregen. Mehr und mehr jedoch störte ihn Antonia ihn dabei. »Du warst im Puff für Geld«, zeterte sie. »Mit dem Dildo in die Blonde, bah! Wie pervers ist das denn.« So verblasste die Erinnerung, ohne in Vergessenheit zu geraten. Antonia stand der Lust eindeutig im Weg. Antonia schaffte es denn auch, dass Toni die nächsten Jahre weitgehend ohne Wollust verlebte. Sie unterdrückte sie einfach.

Pfandsache [Karlheinz]

In der Grundschule hatte Toni sich gelegentlich Geld von Mitschülern geliehen und für Süßigkeiten ausgegeben. Manche vergaßen es oder hielten es nicht der Rede wert, wenn es nur ein Euro war. Manche forderten das Geld zurück, doch Toni wusste nichts davon. Für Geld war in Tonis Kopf Karlheinz zuständig. Seit Toni dermaßen verdroschen worden war, hatte er Finanzfragen delegiert. Der dicke Maximilian hatte Toni nämlich einmal zehn Euro fürs Kino geliehen. Die wollte er natürlich wieder haben und bedrängte Toni wochenlang, die Schulden zu tilgen. Toni hatte sich nicht dumm gestellt, er wusste tatsächlich nicht, wieso der dicke Max Geld von ihm verlangte. Da gab es ordentlich Dresche in der Ecke des Schulhofs, mit Nasenbluten und einem geschwollenen Auge. Die dümmste Ausrede wurde Toni abgenommen, nämlich dass er gegen einen Ast gelaufen war; es ist ja weiter nichts passiert, das wird schon wieder. Was wurde, war Karlheinz. Der konnte sich in Zukunft um Geldsachen kümmern.

Karlheinz mit seinen goldbraunen Haaren, den großen Augen, den geschwungenen Augenbrauen, den leicht hervortretenden Wangenknochen und dem Schmollmund war es auch, der in der Flechner-Bande mitgegangen war, um spätabends in einer Autowerkstatt einzubrechen und die Kasse zu plündern. Keine fünfzig Euro waren drin. Günter Flechner, der Tagedieb, war so wütend, dass er mit seinen Leuten nebenan bei der alten Frau Weigand einstieg und nahm, was er auf die Schnelle finden konnte. Karlheinz stand nur Schmiere, es gab einen Schrei und im Lokalanzeiger wurde von einem Einbruch mit

Körperverletzung berichtet. Toni las es oberflächlich und uninteressiert.

Mit siebzehn wollte Toni den Führerschein machen. Er hatte einiges gespart, aber es war von vornherein klar, dass es höchstens für 20 Fahrstunden reichen würde. Der junge flippige Fahrlehrer war immerhin einverstanden, dass er Tonis Gitarre so lange als Pfand nahm, bis die Fahrprüfung abgelegt war. Am Ende hatte Toni 32 Fahrstunden gebraucht und konnte die Schulden und die Gebühr für die praktische Prüfung nicht zahlen. Der Fahrlehrer war zunächst davon ausgegangen, dass Tonis Prüfungsdrang groß genug war, um seine Gitarre gegen den ausstehenden Betrag bald einzutauschen. Nach zwei Monaten war er nicht mehr so flippig und stattete Toni einen Hausbesuch ab. Tonis Mutter rief in sein Zimmer, dass der Fahrlehrer draußen steht, mit der Gitarre, dass er noch Geld bekommt, dass Toni mal herkommen soll und dass sie jetzt zur Arbeit fuhr, tschüss. Abgang Mutter, Auftritt Karlheinz. Der konnte sich nicht erinnern, jemals am Steuer gesessen zu haben. Und Gitarre interessierte ihn überhaupt nicht. Toni hat seine Gitarre nicht wiedergesehen, obwohl er Karlheinz eine Notiz auf dem Schreibtisch hinterlassen hatte: »350 € für Gitarre.« Einige Monate später blitzte allerdings eine Ahnung in ihm auf. Toni fuhr allein im Auto seiner Mutter, eine Hand am Steuer, die andere lässig auf den Fensterrahmen gestützt, und dachte: ›Ich kann ja fahren.‹ Irgendwie musste Karlheinz Geld aufgetrieben haben. Nur die Gitarre blieb verschwunden. Vermutlich hatte Karlheinz sie verkauft.

Reisegefährten [Spötter, Karlheinz, Flechner, Flavia]

Die große Reise war nicht so groß, wie ursprünglich erträumt, Toni und Andrea blieben auf dem Kontinent. Die Zugfahrt von Berlin über Paris nach Barcelona verlief harmonisch bis Karlsruhe. Dort stieg ein älteres Paar ein und belegte seine reservierten Plätze auf der gegenüberliegenden Seite des Ganges. Hätten sie nur ihre Plätze belegt, wäre alles gut verlaufen, aber sie hatten zwei Rollkoffer und zwei große Koffer ohne Rollen dabei, von denen sich keiner auf der oberen Ablage unterbringen ließ. So fragte der ältere Herr mit französischem Akzent die »Demoiselles«, ob er die »Bagages« auf dem Gang abstellen dürfe.

»Wenn ich Pipi muss, sage ich rechtzeitig Bescheid«, antwortete Toni schnippisch.

Den Spott hatte der Herr wohl verstanden, denn er konterte: »Bis Paris sollte es gehen.«

Andrea verstand den Satz so, dass es für das Paar nach Paris gehen sollte, der Spötter in Toni war dagegen sensibler.

»Wenn ich jetzt beim Bord-Service Bier bestelle, geht es gleich hinter Karlsruhe los,« sagte er.

Andrea stieß den Spötter in die Rippen. Der blickte böse. Der Herr blickte böse. Als der Bord-Service unbestellt gleich hinter Karlsruhe mit seinem Wägelchen kam, musste der Herr das Gepäck bis zum Ende des Ganges schleppen, wo er es nicht mehr beaufsichtigen konnte.

Der Spötter grinste zum Fenster hinaus, der Herr blickte starr und sehr böse vor sich hin.

Aber bis Paris ging es dann.

In Paris-Est war geplanter Zwischenstopp. Die Buchung in einem bahnhofsnahen, einigermaßen erschwinglichen

Hotel war für zwei Tage online erfolgt: 2. Feb – 4. Feb. 2 Nächte. 2 Erwachsene. € 320. Zweibettzimmer. Kein Geld zurück. Im Voraus zahlen. Alles erledigt.

Tatsächlich waren Zweibettzimmer frei. Allerdings stimmte der Buchungstermin nicht. An der Réception de l'hotel wurde den Reisenden bedeutet, dass für Feldhaus, Toni, Herr und Behrens, Andrea, Frau der 2. Feb – 4. Feb gebucht und bestätigt war, heute sei erst der premier février, man bedauere sehr, alors à demain alors. Tonis Blick auf die Buchungsbestätigung bestätigte die Angaben. Sie hatten die Reise um einen Tag vorgezogen, ohne die Hotelbuchung zu ändern.

Selbstverständlich bot die adrette Empfangsdame auch heute ein Zweibettzimmer an, damit die Reise nicht vergebens sei, hihi, pardon. Es kostete allerdings für die erste, nicht gebuchte Nacht € 201 statt € 160.

Das ›hihi, pardon‹ sollte der adretten Dame vergehen, denn jetzt meldete sich der Spötter und fragte, ob der Preis etwa mit Nachtzuschlag zu verstehen sei.

Das ›hihi‹ verging prompt, indessen verblieb das ›pardon‹ an Ort und Stelle: »Pardon, das Zimmer ist ein ö-ere Kategorie und ist kein Rabatt ohne Buchung.«

Karlheinz übernahm nun das Kommando und seine Wortwahl ließ vermuten, dass Spötter ihm soufflierte. Karlheinz feilschte, ob man in der ö-eren Kategorie auch ein Einbettzimmer für zwei Personen aben konnte.

»Pardon, Monsieur.«

»Können wir nach der ersten Nacht von der ö-eren Kategorie in das gebuchte Zimmer mit der nicht so o-en Kategorie umziehen?«

»Das ist möglich, Monsieur.«

»Gibt es für die ö-ere Kategorie auch ein Frühstück der ö-eren Kategorie?«

»Frühstück ist in der ö-eren Kategorie inclusive.«

»Können wir dann auf das gebuchte Frühstück zu zehn Ö-ro fünfzisch pro Person am zweiten Tag verzichten? So als Kompromiss für die ö-ere Kategorie?«

Die drei oder vier einigten sich auf 201 Euro für die erste Nacht inclusive Frühstück und 160 Euro für die zweite Nacht ohne Frühstück, insgesamt 361 Euro, und zwei wurden mit einem vielsagenden Lächeln der adretten Empfangsdame eingecheckt.

Im Aufzug stritten Toni und Karlheinz über eine Differenz von 21 Euro. Karlheinz brüstete sich, dass er in Geldfragen nie locker ließe und er es wieder einmal war, der den Preis heruntergehandelt habe.

›Dafür gibt es aber ein Frühstück weniger‹, entgegnete Toni.

›Dafür haben wir eine ö-ere Kategorie mit Frühstück.‹

›Der Unterschied ist 201 statt 160 Euro, also 41 Euro mehr, weil Du die Umbuchung vergessen hast.‹

›Ich? Wer wollte denn nach Paris? Ich doch nicht.‹

›Du machst die Finanzen.‹

›Eben. Habe ich gerade gemacht. Und Du machst die Pläne.‹

Andrea bekam nichts davon mit. Sie hatte wieder eine tolle neue Seite von Toni kennengelernt. Eine andere Seite fand sie nicht so toll und die lernte sie am Abend kennen.

Es war weit nach Mitternacht. Andrea saß auf dem Bett und weinte. Toni hatte zuletzt ins Klo gekotzt, danach war er ins Bett gefallen und unter merkwürdigen Zuckungen eingeschlafen. Sein Nasenbluten hatte aufgehört, das Betttuch war rot besprenkelt und neben dem umgefallenen Tischchen lagen die Splitter des zerbrochenen Glases und der Flasche ›Eau minérale‹. Der Abend hatte mit einem Bummel durch das 10. Arrondissement begonnen, durch Little India über Anatolien zum Iran, mit Streetfood, Bier und verschiedenen Likören, sehr schön soweit und lustig bis auf den Araber, der die beiden Touristen in unverständlicher Sprache angeredet hatte. Zuerst war Toni höflich geblieben, versuchte mit ›Je ne comprends pas‹ den Mann abzuwimmeln. Der machte plötzlich Anstalten, Toni zu berühren. Als Toni die Hand des Arabers wegdrückte, schlug dessen andere Hand zu und traf Tonis Nase. Urplötzlich verwandelte sich Toni in eine Furie, Flechner war zur Stelle und stürzte sich mit einem Kampfschrei auf den Fremden, trommelte mit beiden Fäusten auf dessen Gesicht und Bauch und Nierengegend wie ein geübter Boxer, hörte nicht auf, als der Araber längst am Boden lag und sich winselnd zusammenkauerte. Günter Flechner war für Toni real gewesen, ein realer Taugenichts, ein Straßenkämpfer, genau der passte jetzt hierher. Flechner verdrosch den Araber so lange, bis Passanten die Streithähne trennten und Andrea den rasenden und fluchenden Toni mit sich zog bis zum Hotel. Toni schlief bis mittags und war für keine weitere Touristenaktivität zu gebrauchen. Andrea verarztete seine Nase und die aufgeschürften Hände mit irgendeiner verfügbaren Creme, die auf dem Badezimmertisch lag. Toni registrierte es ohne Gemütsregung, es tat ihm nichts weh. Flechner ertrug die Schmerzen für sein Werk.

Bis Barcelona war alles wieder heil. Dort verbrachten sie ein paar schöne Sommertage. Während Andrea auf der kleinen Sonnenterrasse des kleinen Hotels saß, wollte Toni schnell etwas erledigen. Er brauchte neue Tampons. Er kaufte sie normalerweise im Supermarkt zuhause, hier in Barcelona betrat er einen Krämerladen in der übernächsten Seitengasse, in dessen Schaufenster er zuvor Drogerieartikel gesehen hatte. Der Laden maß kaum fünf mal sechs Meter und war so vollgestopft mit Regalen, Tischchen und Kartons, dass eine Suche nach Tampons aussichtslos war. Also fragte er die alte Verkäuferin, die hinter einem fadenscheinigen Vorhang hervorkroch, nach »Tampones«.

Die Alte blickte Toni argwöhnisch an und murmelte giftig: »Un hombre.«

Indigniert tippte Toni in seinen Übersetzer ein und rezitierte das Ergebnis:

»Tampones para mujeres.«

»No veo una mujer«, fauchte der Drache.

Toni hatte schon weitergetippt.

Mit »Tampones para mi esposa«, versuchte er klarzumachen, dass er sie nicht für sich brauchte.

Die ganze Situation kam Toni bizarr vor und er wollte den Laden schon verlassen, als die Alte kreischte: »Sergio, aqui hay un pervertido!« und ein zahnloser haariger dicker Sergio in weißem Unterhemd mit Zigarette im Mundwinkel plötzlich auf sie zu stampfte. Schnitter wollte zum Outdoormesser greifen, aber Toni hielt die Hand auf die Lederscheide, holte stattdessen tief Luft, brummte hörbar und Flechner warf den Fettwanst einfach um. Die alte Schlampe bekam, bevor sie schreien konnte, ebenfalls einen ordentliche Schubs, dass sie in den fadenscheinigen Vorhang zurückfiel und unter ihm begraben wurde. In aller Ruhe sah sich Fletcher nach Tampons um, während zwei Gestalten sich berappelten und fluchten. Er fand nichts und verließ den Laden. Er hörte auch keine Schreie hinter sich, er bog um die Ecke von der Seitengasse in eine belebtere Straße, keiner kümmerte sich um ihn, es war keine Gefahr. Toni wurde nach ein paar Schritten ruhiger und suchte gemächlich nach einem Supermarkt. Da, urplötzlich, in entspanntem Zustand, ohne erkennbaren Anlass fing Flavia an zu laufen. Sie lief von der Plaça de Santa Madrona zur Kathedrale und halb zurück bis zum Kolumbus-Denkmal. Toni und Flavia kannten sich nicht. Toni hatte keinen Anlass zum Laufen gehabt, Flavia hatte ihn zu Kolumbus laufen lassen. Da stand er jetzt und wusste einen Moment nicht weiter. Diese Situation kannte Toni nicht. Da half kein Karlheinz und kein Flechner. Nur Flavia war bei ihm. Und sie übernahm die Führung. Statt in das kleine Hotel zurückzukehren, führte sie ihn zum Bahnhof, nicht aus Reise- oder Abenteuerlust, sondern nach ihrem Willen. Flavia nahm den nächsten Zug nach Berlin.

Die uralte Frage [Damian]

Toni war mitten in der Nacht in Berlin angekommen und mit der S-Bahn weiter nach Hause gefahren. Seine Mutter fragte ihn erst am nächsten Abend nach dem Gepäck (welches Gepäck?), nach dem Grund für den Reiseabbruch (welche Reise?), nach dem Verbleib von Andrea (welche Andrea?), nach seinem Zustand.

»Alles gut. Sie ist weg«, sagte Toni lethargisch. Er dachte dabei an Flavia.

Seine Mutter ließ ihn in Ruhe. Für sie hatte es Streit mit Andrea gegeben und die Lesben-Affäre war beendet. Für Toni war etwas ganz anderes beendet: Tampons.

Auch die Arbeit im Garten-Center Behrens war beendet, Toni ging einfach nicht mehr hin. Bis zum Studienbeginn waren es noch zwei Wochen und die würde er schon irgendwie herumkriegen. Irgendwie wurde es allerdings am zweiten Tag schon langweilig. Der Job war weg. Andrea war weg. Die Gitarre war weg. Da ging auch Toni weg.

Es ist nicht gut, wenn der Mensch mit sich allein ist. Es ist gar nicht gut, wenn ein gelangweilter Mensch mit sich allein ist. Ganz schlecht ist, wenn ein gelangweilter Mensch mit sich und seinen Ichs allein ist. Antonia meldete sich als erste.

»Wie wäre es mit einem neuen Haarschnitt?«, stichelte sie.

»Ich weiß, was Du willst«, entgegnete Toni scharf.

»Recht habe ich. Du steckst in meinem Körper und zwingst mich, ein Mann zu sein, der ich nicht bin.«

»Ich könnte einen Dauerlauf vertragen«, warf der Spötter dazwischen. »Ich stehe noch in Barcelona am Bahnhof. Der Zug kommt nicht.«

»Wäre ich doch in Barcelona geblieben«, seufzte Toni.

»Hei, ich habe Dich gerettet«, beschwerte sich Flavia.

»Wovor denn?«, kam es prompt von Flechner. »Vor dem ollen Sack? Lass uns einen neuen suchen, ich bin soweit.«

»Sonst noch konstruktive Vorschläge?«, fragte Toni. Da kam nichts mehr. Toni hatte umgeschaltet. Er stand vor dem Park neben dem Gymnasium und beobachtete, wie sich zwei angeleinte Hunde ineinander verbissen. An den anderen Enden der Leinen verbissen sich zwei Rentner verbal ineinander. Ohne dass Toni es gewollt hatte, ging Flechner zwischen die Hunde und trat auf sie ein, bis einer sich losriss und sich jetzt statt in seinen Artgenossen in Tonis Schuhe verbiss, während das alte Herrchen mit einem Spazierstock ausholte. Es war keine Zeit zu überlegen, eine schnelle Reaktion war nötig. Toni war plötzlich an einem anderen Ort in einer anderen Zeit, im Neandertal, blitzartig vollgepumpt mit Adrenalin, entweder zum Kämpfen oder zum Laufen bereit; die uralte Frage des Menschen. Zu spät. Nichts davon passierte. Toni erstarrte zur Bewegungslosigkeit, in gebückter Haltung, die Arme vor das Gesicht gehoben. Er hätte eine Entscheidung treffen müssen, keiner hatte sie ihm abgenommen, Flechner war verschwunden. Alle hatten sich in Sicherheit gebracht, er war allein mit vier Gegnern. Toni hatte Glück. Der Hund hatte nur einen Schnürsenkel erwischt, der Rentnerstock hatte nicht getroffen. Die Feinde zogen sich schimpfend und bellend zurück, die Rentner drehten sich immer noch einmal um, der eine erhob sein Stöckchen zur letzten Warnung. Toni stand noch immer angewurzelt. In seinem Inneren suchte er Flechner. ›Wo bist Du? Was hast Du gemacht?‹

Es dauerte, bis Flechner sich dem versteiften Toni zeigte.

»Wer ruft?«, fragte Flechner. Oder war das der Spötter?

Toni wählte die direkte Konfrontation: »Warum hast Du die Hunde getreten?«

Flechner schwieg. Das schlechte Gewissen hatte ihn wohl in Deckung gehen lassen. Es brodelte in Tonis Erstarrung. Ein dumpfes Brodeln und Gurgeln, als wäre der Kopf unter aufgewühltes Wasser geraten, eine Empfindung, die Toni fremd war. Noch immer stand er stocksteif da und suchte eine Erklärung für sein spontanes Verhalten. Das Brodeln wurde heftiger.

»Die Köter haben es verdient«, sagte jemand. Es kam Toni vor, als stünde ein Fremder neben ihm, der ihn bösartig trösten wollte. Aber da war niemand.

»Flechner?« Toni horchte in sich hinein.

»Hier ist kein Flechner. Ich bin es. Damian.«

Mehr sagte er nicht. Das Brodeln verebbte. Toni tauchte langsam auf. Allein und verwirrt, wie ein Kleinkind, das vor dem Wauwau erschrocken war.

Wer zum Teufel war Damian?

Seit diesem Tag meidete Toni Parks und hasste Hunde.

Nach der Hitze des Sommers [alle]

Hamburg, im Oktober

Toni war allein in seiner Studentenwohnung in Wandsbek, die Papa finanzierte. Das Wintersemester hatte vor zwei Wochen begonnen. Nach der ersten Vorlesung ›Grundlagen der Zellbiologie und Biochemie‹ hatten die Neuen überall in kleinen Gruppen gestanden, um sich kennenzulernen, waren in Gemeinschaft, lachten – und Toni hatte dagestanden wie ein Kind am Rand eines Spiels, zu dem es nicht eingeladen war. Auch in der Studentenwohnung fand er keinen Kontakt zu den überwiegend männlichen Mitbewohnern. Es war schwer, ihnen aus dem Weg zu gehen, vor allem in den Walk-In-Duschen mit den großen Spiegeln und den Toilettenanlagen im Gemeinschaftsbereich. Ein Zimmer mit eigenem WC wäre Toni lieber gewesen als die eigene Pantry-Küche. Toni zog sich zurück und blieb unzugänglich. Er hätte hier leicht eine neue Identität annehmen können, dachte sogar eine Weile darüber nach, ob er nicht doch lieber Antonia sein mochte. Er verwarf den Gedanken wieder, wurde zunehmend übelgelaunt gegenüber der Wohngemeinschaft und schon nach ein paar Tagen voller gefühlter Belästigungen hasste er alle und jeden, der Böses von ihm wollte, denn das war es doch, was ihre lachenden Gesichter verbargen, was ihre lässigen Grußformeln in Wirklichkeit aussagten und was sie lüstern verschwiegen, wenn sie im Spiegel des Duschbereichs einen heimlichen Blick auf Tonis Rückansicht warfen.

Wenn Toni lange genug aus dem Fenster zum Eichtalpark hinüber starrte, waren die Bäume blau, der Himmel gelb und die Sonne grün. Zwei plus zwei war hier in Hamburg fünf. Toni schlich erst gegen Mitternacht in die

Gemeinschaftsdusche, erschrak zunächst vor dem kalten Wasser und dann vor dem Zimmernachbarn, der nun zweifelsfrei feststellte: »Du bist ja eine Lady.«

Natürlich wollte er die Gelegenheit nutzen, natürlich würde er Toni tags darauf bloßstellen, natürlich waren die Fließen schwarz und weiß, das Licht an und aus, der Gummiboden aus Holz und natürlich verließ Toni diesen Ort um Mitternacht mit den Worten: »Gute Nacht, Schwanz.«

Toni warf sich auf sein Bett und weinte vor Wut und Verzweiflung. Hier gehörte er nicht hin. Morgen würden alle mit dem Finger auf ihn zeigen. Er war ein Außenseiter und er würde es bleiben. Niemandem konnte er sich anvertrauen, mit keinem reden, niemand tröstete ihn, er war einsam und allein mit sich und seinen Ichs, von denen eines unbemerkt zu seinem Messer griff und langsam in das Kopfkissen stach. Der Schnitter führte seine Klinge nach unten, dann nach rechts, hoch und links und kreuz und quer.

»Papa wird das gar nicht gut finden«, sagte Karlheinz. Der Schnitter hielt inne.

»Lass es raus«, sagte Damian. »Es tut gut.«

Schnitter machte weiter, tiefer, stach jetzt in die Matratze hinein.

»Wenn ich nur helfen könnte«, seufzte Antonia.

»Halt Dich da raus«, befahl Damian.

»Hoho, der Neue gibt Befehle«, kommentierte der Spötter.

»Das ist nicht Dein Bier, Du Damian.« Auch Flechner meldete sich.

»Hilf ihm lieber«, brüllte Damian, »dann geht es uns besser.«

Toni zuckte, zitterte, krampfte, konnte sich nicht bewegen, seine Augen verschwammen in Tränen, er sah das Messer nicht, das von Schnitters Hand in Damians Hand glitt, sich drehte und wendete, auf Tonis Hals zu, hörte viele Stimmen durcheinander, merkte nicht, wie Flavia eilig Koffer und Tasche packte, ihn aus dem Bett zog, mit sich hinaus auf den Flur, aus dem Haus, hier weg, hier hinaus, dort hinüber, stolpernd, weinend, zuckend, krampfend die Straße entlang, im Zickzack, wie ein Betrunkener, hinkend, irgendwie wohin, da kam die U-Bahn, trug ihn durch die Nacht.

Wir müssen reden [alle]

Gegen Mittag wachte Toni allmählich auf, allmählich, wie man nach einer durchzechten Nacht aufwacht. Zuerst überlegte er, ob er die Augen schon öffnen konnte, hielt sie noch geschlossen, bewegte stattdessen seine Finger, drehte die Hände, streckte die Füße, die Beine, reckte einen Arm, streckte den anderen Arm, lauschte, schnupperte. Dann endlich öffnete er die verklebten Augen, so gut es ging. Er lag in seinem Bett, vollkommen angekleidet bis auf die Windjacke, die am Boden neben Koffer und Tasche lag. Er lag in seinem Bett, in seinem eigenen Bett, in seinem Zimmer, in seinem Elternhaus, in Berlin.

So langsam, wie Toni aufgewacht war, so langsam wurde er sich seiner Lage bewusst. Er war von Hamburg abgehauen, weil er seine Situation nicht im Griff hatte. So schwer war es doch früher nicht, sich im Griff zu haben. Er hatte eine geordnete Kindheit erlebt, ohne traumatische Erlebnisse, keine Vergewaltigung oder ähnliches, was aus der Erinnerung verdrängt sein mochte, nichts, was über kleine menschliche Eskapaden hinausgegangen wäre, nichts, woraus sich ein Psychiater irgendwelche Thesen ableiten könnte. Allein das Gender-Problem hatte Tonis Achtsamkeit gefordert und seine bewusste Entscheidung, ein Mann zu sein, eine Reihe von Verrenkungen erfordert, einige Zwänge mit sich gebracht, die er als Antonia nicht hätte entwickeln müssen. Er hatte Antonia zu seiner intimsten Freundin gemacht; auch wenn sie ihn zankte, so liebte er sie doch so, wie sich selbst, denn sie war er selbst, ein Teil von ihm. Es gab im Laufe ihres Zwitterlebens Situationen, denen sich die beiden nicht recht gewachsen fühlten. Nach und nach hatte der dominierende Toni in solchen Fällen Selbsthilfemechanismen entwickelt, welche den Alltag zu meistern halfen, jedenfalls meistens. Es war praktisch für ihn, wenn jemand Entscheidungen traf und Verantwortung übernahm, wenn Toni und Antonia sich überfordert fühlten. Wie andere einen Finanzberater hatten, so entwickelte Toni seinen eigenen Experten in sich selbst, Karlheinz, ohne Verantwortung übernehmen zu müssen, wenn etwas in der Rechnung falsch war. Wie andere sich einen Personenschutz leisteten, übertrug Toni gewaltsame Akte auf Flechner, der keineswegs stärker war, dafür brutaler sein konnte, wenn es notwendig erschien, und der auch den Schmerz auf sich nehmen konnte, den Toni nicht ertragen wollte. Der Spötter hielt Toni bei Laune, wenn ihm etwas nicht passte, wenn er keine passende Antwort fand. Der Schnitter erleichterte Tonis Gewissen, wenn er eine kleine Sünde beging; dann war nicht Toni der Blumendieb, sondern ein anderer, sodass Toni es getrost vergessen durfte. Flavia, seine jüngste Gehilfin, hatte in Barcelona einen Anfängerfehler begangen, aber in Hamburg hatte sie das einzig richtige getan: Sie hatte Toni aus der Situation geholt und damit gerettet.

Für viele Situationen hatte Toni Strategien entwickelt. Er war sich völlig darüber im Klaren, dass in ihm verschiedene Persönlichkeiten existierten, die er sich selbst zugelegt hatte, die jeweils bestimmte Situationen meistern konnten, wenn er selbst nicht weiter wusste. Sie waren alle ein Teil von ihm, manchmal ein wenig problematisch, aber meistens nützlich. Toni war die Person im Mittelpunkt, die Zeit und Ort des Einsatzes veranlasste. Er war die Kontrollinstanz, der Meister der Geister, der Chef. Nur mussten sie ständig miteinander kommunizieren, damit das gemeinsame Ziel erreicht wurde. Dieses Ziel war für Toni, sein Leben erfolgreich zu meistern. Je mehr Spezialisten im ›Unternehmen Toni‹ eingestellt wurden, desto schwieriger wurde die Koordination. Immerhin, es ging. Bis dieser Dämon ohne Stellenausschreibung oder Initiativbewerbung ungerufen aufgetaucht war. Es war der Zeitpunkt gekommen, eine Mitgliederversammlung einzuberufen, bei der ein Mitarbeiter entlassen werden musste.

»Wir müssen reden«, sagte Toni laut zu sich selbst wie eine Beschwörungsformel. Für einen Stuhlkreis fühlte er sich zu schwach und so übernahm er den Vorsitz im Liegen mit geschlossenen Augen; so ging es am besten. Allmählich versammelten sich seine Identitäten. Toni eröffnete die Versammlung:

»Schön, dass Ihr alle gekommen seid. Wie Ihr selbst wisst, haben wir uns als Gemeinschaft entwickelt und einigermaßen arrangiert. Ihr seid mir eine große Hilfe, jeder auf seine Art. Ich möchte Euch dafür danken und ich möchte, dass das so bleibt. Es funktioniert aber nur, wenn ich das Sagen habe. Unser gemeinsames Bewusstsein wird nur von mir zusammengehalten. Ohne mich könnt Ihr nicht sein.« Toni machte eine Kunstpause, um sich zu vergewissern, dass alle zuhörten. Es dauerte eine Weile, bis er alle erneut in sich wahrgenommen und ihre Reaktionen überprüft hatte. Sie hörten zu und schwiegen. Dann wandte er sich direkt an das Problem:

»Damian Du torpedierst mich. Du nimmst mir das Heft aus der Hand. Du musst uns verlassen.«

In Tonis Kopf begann es sofort spürbar zu brodeln. Das war Damian. Er sagte nichts.

Antonia meldete sich zuerst. Sie war ihm die vertrauteste Gefährtin, die ihn von Anfang an begleitet hatte.

»Kommt Andrea heute nicht?«, fragte sie.

»Andrea?« fragte Toni irritiert.

»Deine Freundin«, erinnerte Antonia ihn. »Deine reale Freundin.«

In Tonis Kopf entstand das Bild einer jungen Frau mit langen schwarzen Haaren.

›Andrea‹, dachte er, ›Andrea. Der Name sagt mir nichts.‹

Antonia konnte seine Gedanken lesen.

»Schon vergessen? Die mit den langen schwarzen Haaren«, drängte sie. Aber gedrängt verstand Toni noch schlechter. Er schob den Namen beiseite, das Bild verblasste.

»Darf ich um Ordnung bitten«, sagte Toni energisch. »Ich bitte um Meinungen.«

»Toni hat recht«, sagte Antonia daraufhin. »Ohne Damian ging es uns besser.«

Karlheinz reihte sich ein.

»Wir sind auch so schon genug. Damian kostet unnötig Energie.«

»Und Energie ist teuer«, ergänzte der Spötter. »Karlheinz will sagen, dass wir uns Energieverschwendung nicht leisten können.«

Auch Schnitter pflichtete Toni bei: »In Hamburg hat er mein Messer geklaut.«

Flechner war unruhig. Er spürte den brodelnden Dämon neben sich. Bedrohlich und betont barsch gab er seine Meinung kund: »Ich kann ihn nicht ausstehen.«

Flavia vervollständigte das Meinungsbild: »Im Park mit den Hunden habe ich nicht rechtzeitig reagiert. Der Typ war so neu für mich. In Hamburg habe ich es richtig gemacht. Aber wir können nicht dauernd weglaufen, weil einer Mist baut. Damian muss weg.«

Das Brodeln wurde stärker. Wieder fühlte sich Toni wie ein Taucher ohne Tauchmaske, dem es in den Ohren rauscht und gurgelt. Der Dämon sprach nicht. Stattdessen setzte er Toni jetzt körperlich zu. Toni begann zu zittern und zu schwitzen, sein Puls wurde schnell, es wollten ihm die richtigen Worte nicht einfallen. Damian attackierte den Chef. Der Dämon versuchte, die Versammlung zu sprengen, aber er hatte nicht mit ihrem Gemeinschaftssinn gerechnet. Anfangs hatten die verschiedenen Persönlichkeitsteile kaum etwas übereinander gewusst. Mit der Zeit hatten sie gelernt, genau auf die Stimmen der anderen zu achten und sie auseinanderzuhalten. Sie waren so unterschiedlich, dass jeder die Stimmen der anderen zuordnen konnte; Flavia, als jüngstes Teammitglied, lernte täglich dazu. Unter Tonis Federführung konnten sich alle absprechen und so zusammenarbeiten, dass es wie ein Ganzes wirkte, wie ein Getriebe mit vielen Zahnrädern. Nur in einem Zahnrad steckte ein Knochen.

Je mehr Toni zitterte und schwitzte, desto fleißiger bemühten sich seine Helferlein um Ruhe und Ordnung. Einer nach dem anderen ergriff die Initiative und übernahm für einen Moment die Führungsrolle, die jetzt, da Toni nicht sprechen konnte, gefragt war.

Antonia spuckte Damian direkt ins Gesicht.

Karlheinz drohte dem irritierten Dämon mit unbeglichenen Rechnungen.

Spötter zeigte dem verwirrten Damian den Stinkefinger und lächelte verächtlich zu ihm hinüber.

Schnitter und Flechner wurden handgreiflich, schubsten sich den Plagegeist gegenseitig zu und Flechner ballte seine Faust und Schnitter drohte mit dem Messer.

Flavia gab dem Dämon den Rest. Sie überwand sich und schmetterte ihm energisch entgegen: »Hier stehe ich und weiche Dir nicht.«

Da ließ das Brodeln und Gurgeln in Tonis Körper nach, das Schwitzen hörte auf, das Zittern verebbte. Der Dämon war exorziert. Die Mitgliederversammlung war beendet.

Noch einige Minuten lag Toni still auf dem Bett.
Langsam sank sein Puls.
Toni entspannte sich und öffnete die Augen.
Andrea hielt seine Hand.
»Du warst lange fort«, sagte sie.

NYSE Deals – Die Seelenhändler

Land's End, Cornwall

Harry Gray stand auf der Klippe von Land's End. Nach Land's End kommt man nicht, weil die Klippen hier besonders dramatisch und atemberaubend sind. Land's End ist ein symbolischer Ort: Das westliche Ende des britischen Festlands. Oder kurzgefasst: Das Ende. Harry stand kurz vor dem Abgrund, schaute auf die Brandung hinab, die Hände vor dem dicken Bauch gefaltet, beobachtete die auf und absteigenden Möwen und atmete tief die frische Brise ein. Harry Gray stand schon eine geraume Weile so da, unbewegt, untätig, unentschlossen. Er stand nur da auf der Klippe und schaute hinab und atmete.

Während dieser geraumen Weile hatte Harrar nicht weit hinter ihm gestanden und Harry Gray still beobachtet. Auch er stand da und beobachtete und atmete. Harrar atmete nicht die frische Brise, wenngleich es sich nicht vermeiden ließ, dass wesentliche Teile des Luftstroms aus frischer Brise bestanden. Harrar aber konzentrierte seinen Geruchssinn auf den Mann auf der Klippe, sodass eine Essenz von Informationen, gefiltert durch ungewöhnliche biologische Vorrichtungen, die gemeinhin als Nase zu bezeichnen wären, in sein Inneres drang, durch zugehörige Nervenzellen in die relevanten Gehirnregionen gelangte, wo sie auf besondere, sehr subtile Weise die erforderliche Reaktion und am Ende die Entscheidung hervorrief, um derentwillen er überhaupt die Mühe auf sich genommen hatte, diesen entlegenen Ort aufzusuchen: »Nimm.«

Schließlich, es mögen etwa zehn Minuten vergangen sein, näherte sich Harrar vorsichtig dem unbewegten, untätigen, unentschlossenen Harry Gray. Er wollte den beleibten Herrn nicht erschrecken, deshalb räusperte sich Harrar dezent, um auf sich aufmerksam zu machen. Harry Gray drehte sich lässig um und nickte kurz zum wortlosen Gruß.

»Der Herr bewundert die Natur, so muss auch ich«, sagte Harrar, um nicht ohne Gespräch zu stören.

Harry Gray fühlte sich angelegentlich dieser Ansprache nicht wirklich in seiner Naturbetrachtung gestört, vielmehr übermittelten ihm seine optischen Sinne einen ansehnlichen Herrn mittleren Alters, der offenbar wie er nicht viel mehr im Sinn hatte als die Natur zu genießen und ein wenig in der frischen Brise zu entspannen, mit dunkelblondem gewelltem Haar, dunklem Anzug mit Krawatte, einer Melone auf dem Kopf und dem unvermeidlichen Stockschirm in der Hand. Wenn nur diese Maske nicht wäre.

»Sie tragen noch eine FFP2-Maske? Nach Corona? An diesem einsamen Ort? Ich werde Sie bestimmt nicht anstecken.« Harry Gray hatte sofort erfasst, was die äußerliche Besonderheit an diesem Menschen war.

»Herr Gray möge verzeihen, wenn ich ihm ungebührlich verhüllt erscheine. Ich leide seit meiner Pubertät an starkem Nasenhaarwuchs, da kam mir das Corona-Virus eher recht«, war die merkwürdige, aber plausibel Antwort.

Was Harry Gray nicht sehen konnte, war Harrars tatsächlich extreme Nasenbehaarung, die genau genommen aus sehr seltsamen Auswüchsen bestand, ganz genau genommen sogar aus einzigartigen Sinnesorganen. Was üblicherweise als Nasenhaar zu gelten hat, waren farblose, durchsichtige Filamente, bewegliche Tentakel mit besonderen Sinneszellen. Sie bewegten sich unter dem Nasenschutz hin und her, schoben sich heraus und zogen sich wieder zurück, wie Zungen, die beim Lecken ein ums andere Mal etwas in den Körper aufnahmen. Ein Frosch fängt mit der Zunge eine Fliege, Harrar fing mit seinen ›Nasenhaaren‹ eine Seele.

»Sie werden nicht springen«, sagte Harrar endlich.

»Gut beobachtet«, lachte Gray. »Dazu hätte ich auch gar keinen Grund.«

»Sie haben ein gutes Geschäft abgeschlossen«, sagte Harrar.

»Das ist erstaunlich«, sagte Gray, »dass man mir das ansieht. Sehe ich so fröhlich aus?«

»Nein, Gray«, sagte Harrar, »ich habe es gespürt.«

Mit diesen Worten entfernte sich Harrar so vorsichtig wie er herangekommen war.

Harry Gray sah ihm nach, bis er verschwunden war. Es dauerte eine Weile, bis der Horizont den Fremden verschluckt hatte. Harry wandte sich wieder dem Meer zu, den Möwen, der Brise, der Klippe. Er stand unverändert kurz vor dem Abgrund, sah kein Meer, keine Möwen, keine Klippe, schaute ins Leere, atmete keine frische Brise, breitete die Arme aus und verließ die Klippe kopfüber nach vorne.

Pacific House Hostel, Sydney, Australien

Tenta hatte das Mädchen schon am Nachmittag in den Royal Botanic Gardens entdeckt, war ihrem Aroma gefolgt bis zum Pool. Tenta hatte keinen Badeanzug dabei gehabt, trotzdem ein Ticket gekauft und sich auf eine Bank am Poolrand gesetzt. Die junge Frau war vor ihren

Augen locker fünfzig Bahnen in atemberaubender Geschwindigkeit geschwommen, den Fluten entstiegen und in der Umkleidekabine verschwunden. Schon hier hatte sich Tenta entschieden: »Nimm«, sich in der Nachbarkabine eingeschlossen, wo sie sofort begann, ihre Tentakel auszufahren, zunächst entlang der Kabinenwand, dann durch ein winziges Loch darin, das unflätige Spanner wohl eigens zu dem Zwecke angelegt hatten, mit neugierigen Blicken hindurchzuspähen. Nicht mit den Augen spähte Tenta hinüber, sondern mit der Nase, mit ihren dünnen Tentakeln, die sich doch nicht trauten, auf der anderen Seite ihr Werk zu erledigen. Tenta folgte der jungen Frau bis zur Jugendherberge, entschloss sich kurzerhand, dort ebenfalls eine Nacht zu verbringen und schau her, sie buchte ebendas ›Vierbett-Frauenzimmer‹ wie ihre Beute. Das Zimmer beherbergte zwei Etagenbetten mit jeweils zwei Schlafplätzen. Joanne B. Tentrek begrüßte die nach ihr eingetroffene Zimmergenossin: »Hi, auch auf Sydney-Trip? Ich bin Joanne.«

»Ich bin überall und nirgends unterwegs«, antwortete Tenta. »Ich heiße Tenta.«

Unter höflichen Floskeln über das Wetter und die Herbergspreise bezog Joanne eines der unteren Betten und da das gegenüberliegende Bett belegt aussah, bestieg Tenta das Bett über Joanne und betrachtete ihr Opfer bequem von oben: Joanne mit ihrem Pagenschnitt war nicht hübsch, aber drahtig, sehnig, mit schlanken Waden, straffem Bauch, durchtrainiert, gesund.

»Wollen wir zusammen etwas essen gehen?«, fragte Tenta.

»Ich will noch eine Runde im Park laufen«, war die Antwort. »Nachher nehme ich mir etwas Obst und Mineralwasser. Das reicht einer Gesundheitsapostelin.«

»Ich weiß«, sagte Tenta tonlos. »Alles klar.«

Die Gesundheitsapostelin kehrte später als gedacht zurück. Tenta hatte schon ungeduldig im Dunkeln auf sie gewartet. Dafür war das Abendritual umso kürzer. Die gesunde Joanne putzte ihre Zähne, legte sich nackt unter die Bettdecke und schon nach wenigen Minuten hörte Tenta ihr tiefes, ruhiges, gleichmäßiges Atmen. Langsam fuhr Tenta ihre Tentakel aus, ließ sie über den Bettrand herab, hin und her schwingend, züngelnd, zuckend, leckend, lautlos, bis sie genug Essenz gesammelt hatte.

Am folgenden Tag fühlte sich Joanne B. Tentrek etwas müde, wie ein Mensch, der Blut gespendet hat und erst allmählich wieder zu alten Kräften und gewohnter Form kam. Vielleicht hatte sie es gestern mit dem Laufen übertrieben. Joanne schwamm zwanzig langsame Bahnen. Ihr Grundzustand und ihre Gene waren gut genug, das kleine Formtief bis zum Mittag zu überwinden.

Six Senses, Rom

Filamo hatte lange in der Bar gewartet, bis endlich die Rothaarige mit den Sommersprossen auftauchte, die er gestern kurz im Vorbeigehen gerochen hatte, als er mit der Blonden die Bar verließ. Offenbar hatte sie Spätdienst, denn sie kam erst gegen 23 Uhr an die Theke, setzte sich schräg auf den Barhocker neben Filamo, die langen Beine in gleicher Richtung angewinkelt, ein Bein auf dem Boden, eins auf der Fußstütze des gepolsterten Hockers, raffte gekonnt den schwarzen Midirock mit seitlichem Schlitz nach oben, stützte den langen gebräunten Arm lässig auf die Theke und das Kinn auf die Hand mit nach innen abgespreizten Fingern. Filamo brauchte nicht lange zu fackeln, fragte höflich, ob er ein Getränk spendieren dürfte und sodann nach dem Namen. Philomena war der Name. Formal oder als Künstlername gab es sogar einen zweiten Namen: Philomena Burns. Tatsächlich war diese römische Erscheinung mit dem wallenden rotblonden Haar ganz nach seinem Geschmack und er zweifelte nicht an ihrem Namen: Philomena brennt.

Filamo nahm sie mit auf sein Superior-Deluxe-Zimmer im Six Senses mit Blick auf die Kirche San Marcello al Corso und platzierte Philomena auf dem Kingsize-Bett. Sie ließ es geschehen, er hatte sie im Voraus fürstlich honoriert, sie fühlte sich in der Pflicht ihm dafür etwas Besonderes als Gegenwert zu bieten. Philomena wusste, was sie zu bieten hatte und wie man reiche Kunden an sich fesselte. Filamo war erstaunlich anders; freundlich, höflich, rücksichtsvoll, half er ihr mit unendlicher Geduld beim Abstreifen der wenigen Kleidungsstücke, schälte sich sorgfältig aus seinen eigenen, bis sie beide sich ineinander verschlangen, wie Gott sie geschaffen und dorthin gelegt hatte. Filamo züngelte ihren Körper ab, von oben bis unten und wieder zurück, zum Mund, der üblicherweise verschlossen blieb, den Philomena jetzt aber bereitwillig öffnete, nicht nur des Geldes halber, als sich unten ein weiteres Schlängeln einstellte und zu allem Überfluss der Lüste ein drittes hinzugesellte, das sie nicht einzuordnen wusste und das sie in dieser Dreifaltigkeit nie zuvor erfahren hatte. Filamo ließ alle seine Filamente arbeiten, Erkundungen einholen, Erfahrungen sammeln, die ihn aufs Liebste befriedigten, von denen er mehr und öfter genießen mochte, ganz im Gegenteil zu seinem ursprünglichen Vorhaben. »Gib«, war sein einziger Gedanke. So ließ er seine besonderen Organe das Beste hervorholen, was er zurzeit besaß, etwas von den Seelen der begehrtesten Damen Roms, von allen, denen er es in den letzten Wochen zugleich besorgt und genommen hatte, transferierte über seine Filamente die besten Essenzen in das begehrte Wesen.

Philomena Burns saß am nächsten Abend nicht an der Bar. Vergeblich warteten die Herren, die es gewohnt waren, dass man springt, wenn man angesprochen wurde, die vor Geld stanken und denen man auf ihren knappen Wink hin jeden Wunsch zu erfüllen angehalten war. Die Königin der Nacht war nicht mehr Teil des noblen Etablissements, sie ließ sich am nächtlichen Trevi-Brunnen hinter einer unsichtbaren Barriere aus distanzierter Unnahbarkeit von Mode-Fotografen ablichten. Philomena brannte feuriger als jemals zuvor.

Seelenbörse, New York

Im Keller der berühmten Wertpapierbörse ›New York Stock Exchange‹ NYSE befindet sich hinter einem geheimen Durchgang ein Übergang zur ›New York Soul Exchange‹ ebenfalls NYSE, ganz ähnlich, wie der Londoner Pub ›Zum Tropfenden Kessel‹ bei Harry Potter ein Übergang zwischen der Welt der Muggel und der Welt von Hexen und Zauberern ist und zur Winkelgasse führt. Die Soul Exchange ist viel kleiner als die offizielle NYSE, denn hier werden Sondergeschäfte von exklusiven Tradern abgewickelt, die nur ein sehr kleines Marktsegment bedienen.

Harrar, Filamo und Tentra hatten sich verabredet, denn es galt, ihre Waren beizeiten auf den Markt zu bringen und zu guten Tauschgeschäften zu führen. Wie die Händler vorne es mit ihren Wertpapieren taten, so wurde auch an der Seelenbörse Angebot und Nachfrage zusammengeführt, womit sich im Prinzip ganz von selbst der Wert der Waren ermittelte. Im Moment standen Jugendseelen hoch im Kurs. Leider hatte Harrar mit seiner Beute diesbezüglich schlechte Aktien. Das war jedoch insoweit unschädlich, als Tentra von Erfolgsseelen nie genug bekommen und mit ihren Gesundheitsseelen allein zu wenig anfangen konnte, um den Jugendkurs erreichen zu können. Mit ihr war ein sicheres Geschäft möglich. Tatsächlich waren die drei nicht allein, sondern etliche andere Seelenhändler auf dem Parkett, die mit Erfolgs-, Schönheits-, Gesundheits-, Jugend-, Macht- oder Potenzseelen winkten und durcheinander schrien, während sich die Werte auf der Anzeigetafel ständig veränderten.

Es war seit jeher ein Warengemisch, welches die Seelenhändler einfingen, denn niemals hatte eine Menschenseele ausschließlich Erfolg aufzuweisen und niemals ein gesunder Mensch pure Gesundheit und sonst nichts. Fein austariert waren die Maßeinheiten der Seelenwerte, weshalb es entweder des ausgeklügelten Berechnungssystems bedurfte, um ihren gewichteten Sollwert zu bestimmen, oder eben entsprechender Verhandlungen über die Gesamtheit der Einzelwerte hinweg, um zu einem Istwert zu kommen, zu dem dann einvernehmlich bilateral persönlich gehandelt wurde.

Eine weitere Eigenart der hier gehandelten Waren war ihre Vergänglichkeit. Diese NYSE kann man sich wie einen Marktplatz für Obst und Gemüse vorstellen, auf dem frische Ware ihren Preis hatte, verschrumpelte Äpfel nur zu einem Sonderpreis und faule Eier überhaupt nicht mehr absetzbar waren. Eben deshalb hatten die drei es eilig gehabt. Als Nebenwerte der Warenbörse wurden in der geheimen NYSE auch ›Rezepte‹ gehandelt, Werte, die durch geringes Handelsvolumen sowie eine niedrige Marktkapitalisierung gekennzeichnet waren und deren Volatilität größer war als die der Standardwerte, weshalb sich hier teils extrem hohe Gewinne erwirtschaften ließen. Zu den hochspekulativen ›Rezepten‹ zählten ›Haltbarkeitswerte‹, die sich wiederum meist selbst durch eine hohe Vergänglichkeit auszeichneten, weshalb hier Geschwindigkeit das ›Erfolgsrezept‹ war. Harrar hatte bei seinem Beutezug nicht bedacht, dass Harry Greys gutes Geschäft durch seinen Klippenvorfall dergestalt beschädigt worden war, dass es bald beendet werden musste und mithin die an sich intakte Erfolgsseele an Haltbarkeit verloren hatte. Ihre Zukunftsfähigkeit hatte Schaden genommen. Ein lebender Harry Gray hätte noch viele erfolgreiche Geschäfte abschließen können, ein toter eben nicht, auch wenn das essenzielle Talent vorhanden war.

Harrar, Filamo und Tentra standen noch immer zusammen und blieben als alte Freunde und verlässliche Geschäftspartner zunächst unter sich. Im internen Angebot standen Harrars gehörige Portion Erfolgsseele mit nahendem Verfallsdatum und Tentas ordentliche Anteile von Gesundheitsseele. Da Tentra auf Harrars Erfolgsseele erwartungsgemäß erpicht war und auch den Verfall in Kauf nehmen wollte, tauschten die beiden untereinander Erfolg gegen Gesundheit und Tentra wollte sich auf den Weg machen, ihre noch halbwegs frische Beute bei einem Rezepthändler aufzufrischen, um ihren Wert zu steigern. Filamo hielt sie fest, ohne etwas zu sagen. Harrar wollte nun dessen Angebot erfahren, denn Filamo hatte bisher geschwiegen, während Harrar sich erwartungsvoll auf neue Schönheitsseelen freute, die Filamo mit zuverlässiger Beständigkeit in sein Angebot aufzunehmen wusste. Gewissermaßen war der hübsche Lebemann in der ganzen Soul Exchange der Garant für anhaltend hohe Schönheitswerte. Doch heute musste Filamo passen. Einiges hätte er in guten Mischungen anzubieten, jedoch keine so reinen Schönheitswerte, wie man es von ihm gewohnt war, denn er hatte ebensolche verschenkt.

»Wie nun das?«, fragte Harrar ehrlich überrascht.

»Sie war so schön, dass ich nur noch ein Seelenstückchen zu ihrer Perfektion hinzugeben musste«, antwortete Filamo. Er war nicht so traurig, wie man es in seiner Situation hätte erwarten können. »Du hättest mir Deine Erfolgsseele gern überlassen können, Harrar. Umso eher hätte ich eine Option auf die Zukunft gehabt.«

»Nun ist sie weg«, stellte Harrar sachlich fest.

»Wenn Tentra sie mir überlässt und Du mir noch einen anständigen Rest von Erfolgsseelenmixtur dazu gibst, bringe ich Euch in einer Woche eine hundertprozentige Schönheitsseele und jeder von Euch erhält vierzig Prozent des Verkaufserlöses.«

Das Angebot war ausgesprochen und es saß.

»Nur um es klar festzuhalten«, konstatierte Harrar, »Du bietest uns eine Option auf eine hundertprozentig reine Schönheitsseele zum Strike in einer Woche, die Du an dieser Seelenbörse verkaufst und von der Du uns je vierzig Prozent des Verkaufserlöses überlässt?«

»Yep. Deal or No Deal?«, fragte Filamo.

»Deal«, sagte Harrar.

»Deal«, sagte Tentra.

Sodann machte sich Filamo auf den Rückweg nach Rom. Harrar, da er nun schon einmal in Amerika war, reiste nach Las Vegas, um dort Erfolgsseelen aufzunehmen. Tentra wollte ebenfalls in der Nähe bleiben; sie blieb in

New York und suchte in der Zwischenzeit bis zum Erfolgsknaller Gesundheitsseelen in den nächstbesten Fitness Centern.

Auch nach einer Woche hatte Filamo nicht gefunden, wonach er so dringlich und vielversprechend gesucht hatte. Philomena Burns mochte irgendwo leuchtend brennen, in Rom war sie nicht mehr aufzutreiben. Tentra hatte in den kleinen Studios nur fettleibige Pickelgesichter entdeckt, die ihr die Tentakel auszufahren nicht wert schienen. Gesundheit war hier nicht zu finden. Harrar hatte nicht den geringsten Erfolg in Vegas, nicht bei den Trunkenbolden, die ihr Kleingeld an einarmige Banditen verloren, nicht bei diamantenbeladenen Damen, die achtlos ein Vermögen an Roulettetischen verspielten, nicht bei den Möchtegern-Showstars, denen keiner applaudierte.

Es ist eben doch besser, wenn man etwas Anständiges gelernt hat, mit dem man seinen Lebensunterhalt verlässlich bestreiten kann.

Der kleine Zirkus

Ein Zirkus war in unserem Dorf. Wenn ich Dorf sage, meine ich dieses 900-Seelen-Kaff, wo es noch zwei Bauernhöfe gab, damals sogar drei, einer davon ist heute ein Reitstall. Es ist eine Weile her, zehn oder elf Jahre. Da war ich fünf oder sechs Jahre alt. Die meisten Dorfbewohner merkten es erst, als ein Clown Zettel in die Briefkästen steckte:

Zirkus Minimus gastiert in Ihrem Dorf
am Samstag und Sonntag um 15 Uhr
Wiese am Nussbaum
- nur zwei Vorstellungen -
Eintritt: Erwachsene 15 Euro / Kinder 8 Euro
Familie Bremer freut sich auf Sie

Wie man lesen kann, »war« der Zirkus nicht einfach in unserem Dorf, er »gastierte« in unserem Dorf. Bevor der Clown die Zettel verteilte, hatte Dennis es längst gewusst, weil er nach der Schule an der Wiese vorbeikam, wo der große Nussbaum steht und davor die Bank für die Wanderer, auf der nie jemand sitzt. Die Leute hier gehen nicht wandern, dafür haben sie keine Zeit, sind zu faul oder zu alt. Da hatte Dennis jedenfalls den Ranzen nach Hause gebracht und ist bei uns allen klingeln gekommen. Zu siebt sind wir losgezogen, um uns das Großereignis anzusehen.

Sie waren noch beim Zelt-Aufbau, wenn man das Aufbau nennen konnte, denn das Zelt war schnell hingestellt und es war eher so ein großes eckiges Partyzelt mit Fensterchen, also rund war es gar nicht, oder ein sehr großes Familienzelt, je nachdem, welchen Zweck es haben sollte. Wenn man die paar Zirkusleute betrachtete, übernachteten sie vermutlich selbst darin, denn einen Zigeunerwagen konnten wir nicht ausmachen. Da haben wir uns geirrt, denn ein paar Minuten später kam ein altes Wohnmobil auf die Wiese gefahren. Hymermobil stand vorne drauf und hinten war ein Bauwagen angehängt, so ein grauer aus Metall. Und dahinter kam noch ein Traktor mit Pferdeanhänger. Gut, dann schliefen sie wohl im Wohnmobil und im Bauwagen und die Tiere im Pferdeanhänger oder im Zelt, wer weiß.

Wen wir bei ihrer Arbeit beobachten konnten, war offensichtlich die Familie und damit das komplette Ensemble: Ein Mann mittleren Alters in grauer Latzhose und eine Frau mit langen rotblonden Haaren im roten Overall und drei Kinder in der Reihe von Orgelpfeifen: Einen Meter hoch, anderthalb und fast zwei Meter. Das mittlere war ein rothaariges Mädchen. Außerdem war ein Opa da, der im Anzug mit einer Mistgabel Stroh verteilte und dabei Pfeife rauchte. Mit der Pfeife und dem grauen Bart glich er meinem Opa; mein Opa raucht nicht mehr Pfeife, der war damals schon ein Jahr tot. Jedenfalls habe ich seit meinem Opa keinen Opa mehr hier gesehen, der Pfeife raucht. Eine Oma gab es auch, aber die sahen wir erst später.

Als das Zelt stand, war klar, dass es höchstens ungefähr vierzig Leute fassen konnte, geschweige denn eine Manege. So war es auch nicht gedacht, sondern nur als Überdachung für das Publikum, falls es regnen würde. Die Vorderseite war offen und die Manege war davor. Das war der Platz, wo der Opa im Anzug mit der Pfeife Stroh verteilte, also nicht mit der Pfeife, mit der Mistgabel das Stroh verteilte. Die Frau und der Große hängten eine Stoffbahn an der Vorderseite des Zeltes auf. »ZIRKUS MINIMUS« stand in aufgenähten bunten Großbuchstaben darauf. Dennis hatte »Zirkus Minibus« gelesen und Frank meinte, es müsste »Minimuss« heißen. Aber egal.

Der Kleine und das Mädchen waren anscheinend für die Tiere zuständig. Dennis und ich gingen neugierig auf den Esel zu. Das Mädchen war ungefähr in unserem Alter, hatte zwei lange rote Zöpfe wie Pippi Langstrumpf und war zutraulich: »Hi, ich bin Anni. Das ist unser Esel Asi.«

»Hallo Asi«, hat Dennis höflich gesagt und den Esel vorsichtig gestreichelt, aber heimlich auf Anni geschielt. Ich weiß auch warum. Sie hatte nämlich ein ziemlich kurzes Röckchen an, fast sah man das Unterhöschen. Dann hielt Anni dem Asi eine Möhre hin, Asi machte einmal Iah und dann fraß er die Möhre. Das Grüne guckte noch aus seinem Maul. Anni zog es ab und hielt es der neugierigen Ziege hin, die dazugekommen war.

»Das ist Siggi«, sagte Anni und wedelte mit dem Grünzeug vor der Ziege herum. Die meckerte und setzte dann ihre Hörner auf den Boden. Anni zog sie am Schwanz, aber nichts weiter passierte. Da stopfte Anni dem Asi das Grünzeug wieder ins Maul.

Ein kleiner Hund mit langem schwarz-weißem Fell tobte mit einer schwarz-weißen Katze herum, immer rundherum. Die hatten richtig Spaß miteinander und auf einmal sprang die Katze auf den Hund und der ließ sich das gefallen. Jedenfalls für einen Moment, bis das Schweinchen dazwischen kam und um die beiden herumwühlte. Anni war zur Stelle, stand sofort zwischen uns und dem

Schwein und sagte: »Lucy dürft Ihr nicht streicheln, das mag sie nicht.«

Ehrfürchtig ließen wir die Finger von der wilden Sau. Lucy ging dann auch weiter, nachdem sie keiner angefasst hatte.

»Habt Ihr auch einen Zirkuslöwen?«, fragte ich Anni, aber sie schüttelte nur den Kopf. Wir hätten wenigstens ein Kamel erwartet oder eine Riesenschlange. Nichts davon war zu sehen, der Pferdeanhänger wäre auch zu klein dafür gewesen. Nur ein Hahn stolzierte vorüber und scharrte im Gras, da wo Hund und Katze spielten; bei dem waren wir nicht sicher, ob er vom Zirkus oder von unserem Bauernhof kam. Weiter passierte nichts, außer dass Dennis der Anni am Röckchen gezupft hat. Da langte die Anni dem Dennis eine und der lief weinend davon. Jetzt war ich allein mit der kleinen Domptö... Domp... der Tierbändigerin. Allerdings war sie dann zurückhaltend und sagte nur: »Morgen machen wir es richtig.«

Mit diesem Satz konnte ich wenig anfangen und ich musste auch erstmal nach Hause. Offenbar hatte ich alle vorhandenen Tiere gesehen.

Endlich war Samstag.
Ungefähr 60 oder 80 Leute waren gekommen, einschließlich Kinder, so genau kann ich es nicht sagen, weil dauernd Kinder dazukamen und welche weggingen. Ein Kassenhäuschen gab es nicht. Freiwillig warfen die Ankommenden dem als Clown maskierten Opa ihre 15 Euro für Erwachsene und 8 Euro für Kinder in seinen roten Plastikeimer. Ob dann alle bezahlt hatten, war mir unklar und dem Opa wohl egal. Der ging um drei Uhr einfach zum Zelt und schickte die Kinder raus. In dem Zelt durften nur Erwachsene sitzen. Ein paar Dorfmänner standen wie wir Kinder draußen, es regnete nicht, da war es

hier auch angenehmer mit der Luft. Mama hatte ein Blümchenkleid an. Papa ließ sie auf einer der Bierbänke im Zelt sitzen und stellte sich in seiner Cordhose draußen zu den Männern.

Die Vorstellung war langweilig.
Zirkusdirektor Bremer war der Papa, der seine Latzhose gegen ein Kapitänskostüm oder sowas ähnliches ausgewechselt hatte. Der Direktor hielt einen Hula-Hoop-Reifen in der Hand und kündigte eine Löwennummer an: »Sehen Sie jetzt Leo, den gefährlichen Löwen«.

Dennis guckte mich mit großen Augen an und ich sagte: »Also doch!«

Der Kapitänsdirektor knallte mit der Peitsche und von hinter dem Zelt kam der Kleine, der laufende Meter, in einem Löwenkostüm, rollte sich durch den Reifen in dreißig Zentimeter Höhe und machte noch vier oder fünf einigermaßen gerade Purzelbäume. Das Publikum spendete artig Applaus.

Frau Bremer kam in einem weißen Ballettröckchen und Seidenstrümpfen und roten Schuhen mit hohen Absätzen. Ich muss zugeben, dass es gut aussah, und die Dorfmänner fanden das wohl genauso. Sie applaudierten schon, ohne dass die Artistin etwas anderes vorgeführt hatte als sich und ihre Wäsche. Der Direktor und der Opa spannten dann einen Draht zwischen zwei Metallpflöcken auf, der war vielleicht so hoch wie ich. Dann halfen sie der schönen Frau auf den Draht und sie jonglierte im Gehen mit den roten hohen Schuhen ganz ordentlich mit Ringen und Bällen, die man ihr zuwarf, ohne dass sie oder etwas anderes herunterfiel. Die Männer johlten und tranken Bier.

Dann kam der Große dran. Von dem wurde etwas erwartet. Der Zirkuskapitän und der Opa im Anzug stellten eine Zielscheibe aus Stroh an einem Ständer auf. Jeder wartete darauf, dass jemand davor gespannt und mit Pfeil und Bogen beschossen würde. Die Spannung war groß, auch dann noch, als nur die meckernde Ziege vor der Zielscheibe angepflockt wurde. Sie meckerte noch ein wenig, dann fraß sie Gras und kümmerte sich nicht weiter um das Geschehen um sie herum. Der Große warf tatsächlich mit echten Messern scharf an der Ziege vorbei und traf die Scheibe dahinter sechs oder sieben Mal. Es floss kein Blut. Der Große hatte sein Soll erfüllt und bekam Beifall von allen, die mutig hingeguckt hatten; die anderen erholten sich von dem Schrecken.

Von der kleinen Anni hätte man es am wenigsten erwartet. Die war eigentlich der Höhepunkt des ersten Akts, weil sie irgendeinen Spiritus aus einer Flasche nahm und dann ausspuckte, während Papa Käpt'n Zirkusdirektor mit einer Pechfackel den Spei entzündete. Es wäre sicher ein großartiger Anblick gewesen, wenn es dunkel gewesen wäre. In dem Moment waren trotz der Tageshelle alle Zuschauer glücklich, weil nämlich nichts Schlimmes passiert war.

Es war kein Höhepunkt, eher die Überleitung zur Pause: Die Oma wurde erstmals für uns sichtbar und sie sah genauso aus, wie man sich eine Oma vorstellt: Mit Dutt und langem Faltenrock und einer leichten beigen Wolljacke und noch dazu mit umgebundener Küchenschürze hatte sie es wohl darauf angelegt, unscheinbar und unbegabt auszusehen. Der Opa drückte ihr zwei Stöckchen in die Hand und stellte einen zweistufigen Tritthocker vor sie, den sie umständlich erklomm. Dann begann sie mit der Schnur zwischen den Stöckchen in der Luft zu trommeln und der Opa warf einen Diabolo auf die Schnur. Die Oma ließ geschickt den Diabolo zwischen ihren Händen laufen, warf ihn anständig hoch und fing ihn auf, drehte sich einmal auf Stufe zwei und stand plötzlich nur auf einem Bein, immer fein jonglierend. Das andere hatte sie so gut es ging nach hinten gestreckt, hat sich damit offensichtlich etwas übernommen, denn beim Runterziehen trat das Bein eine Stufe tiefer als die Oma und die purzelte dann ins Stroh. Der Direktor bat um Applaus für »Oma Bremer«. Der kam erst nach und nach und ebbte ebenso nach und nach ab.

Dann gab es eine Pause. Oma Bremer war schnell wieder auf den Beinen, als hätte der Sturz zur Akrobatennummer gehört, und hatte einen Bauchladen mit Eis am Stiel umgeschnallt. Opa Bremer ging mit einer Kühlbox mit gekühlten Flaschen herum und verkaufte auch die zu erhöhten Preisen. Die Einnahmen schienen wichtiger zu sein als der Eintritt, die freundlichen Dorfleute kauften anständig Erfrischungen für sich und ihre Kinder und gaben, soweit ich das sehen konnte, ordentlich Trinkgeld dazu, denn sie winkten ab und der Opa machte einen Diener oder die Oma einen Knicks zum Dank. Einige der größeren Dorfjungs setzten sich hinter dem Zelt ab und rauchten dort etwas, das ich erst Jahre später kennenlernte. Der Große vom Zirkus hatte es ihnen im Nebenerwerb verkauft. Die Pause dauerte bestimmt eine halbe Stunde oder länger, die Einnahmen werden entsprechend gewesen sein, auch weil die kleinen Kinder auf dem Esel reiten durften.

Dann begann der zweite Teil der Vorstellung. Der war atemberaubend.

Anni kam mit dem Schwein auf die Strohfläche vor dem Zelt und stellte ihre Akrobaten vor: Lucy, das Schwein, und Bobo, den Hund mit dem langen schwarz-weißen Fell. Bobo wedelte freudig mit dem Schwanz, bei Lucy sah man es nicht so genau. Dann streichelte Anni die Lucy hinterm Ohr. Da stellte sich das Schwein auf die Hinterbeine und machte Männchen wie ein Hund. Und das war noch nicht alles. Der Bobo stellte sich gegenüber der Lucy auf, machte auch Männchen und die beiden gaben sich Pfötchen. Bobo machte Wau und Lucy grunzte, nachdem sie mit ihrem feuchten Rüssel dem Bobo ein Küsschen auf die feuchte Nase gegeben hatte.

»Abgang Lucy und Bobo«, rief Anni. Die Leute johlten und pfiffen.

Für die Ziege Siggi war der Kleine zuständig. Der sollte wohl auch eine Aufgabe haben und sein Brot verdienen. Er hielt Siggi ein Grünzeug vor die Nase, aber sie schien satt zu sein. Da packte der Kleine die Ziege bei den Hörnern und tauchte ihren Kopf zum Boden. Der Große assistierte seinem kleinen Bruder mit irgendeinem Trockenfutter, das er vor Siggi ausstreute, während er sie hinten am Schwanz nach oben zog. Und plötzlich verstand die Ziege ihre Aufgabe und machte einen perfekten Kopfstand auf ihren Hörnern.

Als nächste Nummer kam der Opa, jetzt als Clown verkleidet, mit dem Esel auf die Strohmanege. Hinter dem Rücken hielt er Grünzeug in der Hand, der Clown. Der Opa erklärte die Nummer mit »Der Asi kann Möhren zählen«, damit es auch das dumme Publikum verstand. Dann zeigte er dem Esel Asi sieben Möhren. Und tatsächlich: Der Esel machte genau sieben Mal Iah und dann durfte er die sieben Möhren fressen.

Den Höhepunkt kündigte der Zirkusdirektor persönlich an: »Und jetzt sehen Sie die Bremer Stadtmusikanten. Bitteschööööön.« Da sprang der Hund auf den Esel, die Katze auf den Hund und der Hahn flog obendrauf. Gesungen haben sie nicht, aber auch nicht gewackelt. Das Bild ging mir nie wieder aus dem Kopf.

Die Dorfleute klatschten ohne Ende, einige warfen sogar zusätzliche Geldscheine. Die Stimmung war toll, die Dorfjugend feierte mit Bier, ich war hin und weg, einer drückte mir eine Flasche in die Hand, ich wusste nicht wirklich, wie mir geschah, aber es hat lecker geschmeckt. Und es hat gewirkt. Da war der Zirkus für mich vorbei. Mein Papa hat den »Bettstecker« gespielt und mich ins Bett gesteckt.

Die Leute vom Ordnungsamt waren da. Sie kamen am Montag nach der Sonntagsvorstellung aus der Stadt. Sie schickten die Zirkusleute weg. Der Große sagte, es wären Hygienevorschriften nicht eingehalten worden. Mein Vater gab mir 20 Euro, die sollte ich dem Zirkus spenden. Ich lief zu Anni und wollte sie ihr geben, aber sie wollte kein Geld.

»Wir wollen unser Geld verdienen«, sagte sie, »aber wir dürfen nicht. Willst Du Lucy kaufen?«

»Das darf ich nicht.«

»Du kannst eine Patenschaft übernehmen für Lucy, für 20 Euro, für ein Jahr«, sagte Anni.

Was sollte ich machen? Ich habe es getan. Ich gab Anni das Geld, sie machte mit einer alten Polaroid-Kamera ein Foto von Lucy und schrieb darauf: »Lucy, mein Patenschwein.«

Seit damals hängt das Polaroid-Foto mit Tesafilm an der Tapete über meinem Bett. Ich betrachte es jeden Abend, bevor ich das Licht ausmache. Meine Lucy, mein Patenschwein, das Männchen machen konnte wie ein Hund. Sicher ist Lucy schon lange tot und meine Patenschaft ist längst erloschen. Aber in meinem Kopf behalte ich die Erinnerung. Die nimmt mir kein Ordnungsamt.

Ameisenbericht

Man blättert in einer Zeitschrift und liest gerade das, was einem angeboten wird, weil das Gesamtwerk käuflich erworben wurde, weil man etwas Bestimmtes darin erwartet, gesucht und vielleicht gefunden hat, nun aber die vielen anderen Seiten und Illustrationen weiterhin darin enthalten sind und entdeckt werden möchten, denn möglicherweise enthält der eine oder andere Text, das eine oder andere Bild noch etwas Interessantes, das man nicht versäumen will, schon gerade weil alles bezahlt und im Moment nichts Besseres zu tun ist. Man blättert und liest sogar weiter, wenn die Zeitschrift einen gar nichts gekostet hat, beim Friseur oder im Wartezimmer des Zahnarztes, wo der Lesezirkel es ermöglicht, die schönsten Badestrände zu finden und die Hintergründe der siebten Scheidung einer Filmdiva zu erfahren. Da ist es durchaus nicht selten, dass diese Lektüre unversehens zu neuen Erfahrungen und Anschauungen führt, die man dort weder gesucht noch erwartet hatte. Der Wundertee zum Abnehmen: Höherer Energieverbrauch, Hemmung des Appetits und verlangsamte Magenentleerung; der Mate-Tee aus dem zentralen Südamerika ist ein Geheimtipp, um Gewicht zu reduzieren, besonders als Copacabana Version. Der Text ist nicht als Anzeige gekennzeichnet, also nimmt man den offenbar gut recherchierten Bericht dankbar zur Kenntnis, ungewiss ob ein vollkommen unkundiger Jurastudent oder eine Biologie-Studentin sich damit nebenher ein paar Euro verdient haben mag.

Und dann kommt in einem Buch mit Kurzgeschichten, gekauft zur Zerstreuung und Unterhaltung, unerwartet wie die Wissenschaft im Käseblatt eine Abhandlung über Ameisen, bei der nicht leicht erkennbar wird, wo die Wissenschaft endet und die Fiktion beginnt. Immerhin liest sie sich wie eine Kurzgeschichte, also liest man.

Es geschah mitten in Deutschland. Erwin hatte im Keller sein altes Aquarium gefunden, das jahrzehntelang dort gestanden haben musste, seit sein Sohn ausgezogen war und die letzten Guppys einem Freund vermacht hatte. Es war ein kleines Komplettset mit Glasbecken 60 x 30 x 40 cm, Abdeckung mit Beleuchtung, Innenfilter und Heizung, ohne Fische. Mit Fischen hatte es Erwin nicht besonders und im Haus fand er keine Verwendung für ein Aquarium. Wie es mit den oben genannten gekauften und ungekauften Illustrierten ist, so ist es mit Aquarien, die man im Keller findet: Einmal in die Hände gefallen, wird es wohl irgendeiner Verwendung zuzuführen und nutzbar zu machen sein. Im Garten war Platz für solch einen Schaukasten, etwa vor dem Gartenhaus oder daneben, wo die Sonne nicht so stark scheint; oder doch davor auf dem Tischlein, mit etwas Spielsand zum Terrarium umfunktioniert ließe es sich wohl einrichten, wenn dort hinein ein paar Eidechsen neben Sukkulenten in einer kleinen Wüstenlandschaft platziert würden. Mit diesen Überlegungen richtete Erwin das Becken her, fand allerdings keine Sukkulenten noch Eidechsen im näheren Umfeld, wohingegen sie käuflich zu erwerben ihm widerstrebte, denn das Terrarium war lediglich eine spontane Idee, hatte selbst praktisch nichts gekostet und wozu sollte der lebende Inhalt eines solch wertlosen Gefäßes umständlich herbeigeschafft und mit besonderem Geldaufwand betrieben werden. Erwin entschied sich, statt des Aquariums oder Terrariums ein Freiland-Paludarium zu schaffen, für dessen Befüllung alles vorhanden war: Erde, Gras und Wasser. Der frisch gebackene Paludarist Erwin verwendete einige Mühe und Liebe in die Gestaltung eines flachen Sees auf der linken Seite des Glasbeckens mit Uferzone und ansteigender Ebene bis hin zu einer kleinen Berglandschaft auf der rechten Seite, mit Steinen und morschem Gehölz, sodass sich Wassergetier links und Landbewohner rechts ansiedeln mochten, wie es ihnen gefiel. Denn allein mit der Gartenerde und etwas Wasser aus dem Teich kamen Lebewesen ganz von selbst zum Vorschein, die man vorher nicht gesehen hatte, von links nach rechts: Wasserläufer, Rückenschwimmer, Asseln, Eintagsfliegen, Köcherfliegen, Springschwänze, Milben, Mücken und Fliegen, Käfer, Hundertfüßer und Doppelfüßer, Regenwürmer und Ameisen, von unsichtbaren Einzellern ganz abgesehen. Es war Mai. Im kostenlosen Paludarium tobte bald kostenlos das Leben.

Nie hätte Erwin gedacht, dass ein solch einfaches Fundstück mit so banalem Inhalt ihn derart fesseln und beschäftigen konnte. In weniger als drei Stunden hatte er eine neue Welt erschaffen, er, Erwin, ein Gott, in drei Stunden, nicht in sieben Tagen. Lange saß er auf einem Höckerchen vor den Glasscheiben und beobachtete das wahre Leben schließlich sogar mit einer Lupe: Mit einer einzigen kräftigen Ruderbewegung kam ein Wasserläufer zum Beutefang; in der Miniaturlandschaft brauchte er nur diesen einen Ruderschlag, um eine ins Wasser gefallene Eintagsfliege zu packen, deren Schwingungen er mit seinen tastempfindlichen Haaren an den Beingliedern registriert hatte. Zwei Rückenschwimmer zankten sich mit der Rückenseite nach unten und dabei Purzelbäume schlagend um eine getötete Stechmückenlarve, welche sie abwechselnd unter Wasser zogen und mit ihren Stechrüsseln aussaugten. Erwin freute sich sehr über diesen Jagderfolg, eine weniger, die ihn stechen würde. Er überlegte kurz, ob er einen der Rückenschwimmer im Regenfass ansiedeln sollte, wo es so viele von den im Zickzackkurs zum Luftholen an die Oberfläche schwimmenden Mückenlarven gab, dass der tapfere Rückenschwimmer wohl daran zerplatzen konnte. Die weiter rechts angesiedelten Landbewohner schienen friedlicher zu sein, jedenfalls konnte Erwin einen Doppelfüßer dabei beobachten, wie er sich offenbar mit großer Freude an einem morschem Holzstückchen zu schaffen machte. Ein Regenwurm war kurz an der Scheibe zu sehen und erstaunlich schnell im Inneren der Erde verschwunden. Eine Ameise war damit beschäftigt, das unbekannte Terrain auszukundschaften. Dann war auch sie verschwunden. Es war Abend geworden.

Am nächsten Tag warf Erwin bei der Gartenarbeit im Vorübergehen einen Blick auf das Paludarium. Etwas war anders als gestern. Das Wasser im linken Teil des Glasbeckens war verschwunden, die Erde im mittleren und rechten Teil hatte es vollständig aufgesaugt, was vermutlich die Regenwürmer freute; die Wassertiere waren indessen nicht mehr zu sehen. Das Paludarium aus dem alten Aquarium war letztlich doch zu einem Terrarium geworden. Etwas anderes aber war noch anders: Gestern hatte Erwin eine Ameise auf Erkundungstour kurz beobachtet, heute Nachmittag stellte er fest, dass eine fast geschlossene Kolonne vom Boden neben dem Gartenhaus, an den Tischbeinen entlang, über den Tisch, die Ecke des Glasbeckens hoch und innen wieder herunter ihren Weg machte, um das erst gestern erkundete neue Gebiet zu besiedeln, wie Menschen sich in einem frisch erschlossenen Neubaugebiet einrichten, hier jedoch nicht oberirdisch, sondern mit Gängen und Kammern unterhalb der Erdoberfläche, die Erwin an der rechten Glasscheibe besichtigen konnte und in denen es munter zuging. Es mochten wohl zweihundert Tierchen gewesen sein, die hin und zurück marschierten und von denen einige auf dem Hinweg kleine weiße Gepäckstücke, kaum größer als Salzkörner, zu den Höhlen transportierten. Dass Ameisen chemisch über Duftstoffe miteinander kommunizieren, war Erwin wohl bekannt, er hatte es nur nicht sehen oder riechen können, dazu fehlten ihm naturgemäß die Rezeptoren. Hier und jetzt konnte er allerdings beobachten, wie sie sich mit den Fühlern kurz betasteten, sobald sich zwei begegneten. »Hallo«, schienen sie sich zuzurufen, »geh nur weiter hinter den anderen her, der Weg ist richtig.«

Wir berichten aus erster Hand über die Besiedlung eines Neubaugebietes durch die hier ansässige Schwarze Wegameise. Erwin hatte seinen alten Kosmos Insektenführer verstaubt ganz unten in einem Bücherregal gefunden, den er fast ebenso vergessen hatte wie das Aquarium im Keller, und er hatte keine große Mühe, die Art seiner Ameisen zu bestimmen: Die Schwarze Wegameise oder botanisch: Lasius niger. Nichts Besonderes, fand Erwin, eine der häufigsten Ameisenarten hierzulande. So hatten Aquarium und Bestimmungsbuch noch einmal eine Verwendung gefunden und die Ameisen hatten einen Namen. Erwin taufte sie »Die Schwarzen«.

Die fragliche Kolonie war seit Generationen unter dem Gartenhaus angesiedelt, wo sie mehrere Nester angelegt, umgebaut, zuweilen abgerissen und neu gebaut hatte. Von dort aus war eine der Arbeiterinnen auf ihrer Erkundungstour mehr oder weniger zufällig, denn nichts Bestimmtes hatte sie angelockt, allenfalls etwas Neues, Unbekanntes, vom Gartenhaus kommend an einem Tischbein entlang gewandert, über den Tisch, die Ecke des Glasbeckens hoch und innen wieder herunter, wo sie eine Weile ziellos umhergelaufen war, um schließlich festzustellen, dass sich zwischen morschem Gehölz und lockerer Erde im höher gelegenen Teil des Neulands trefflich Gänge und Höhlen bauen ließen. Sie hatte, so gut es ihr allein gelingen mochte, die Gegend mit Duftstoffen markiert und den Rückweg ebenso hier und da punktiert, denn um eine kontinuierliche Spur zu legen, hatte sie nicht genügend Pheromone dabei. Zurück in ihrem Nest, hatte sie ihre Nestgenossinnen über ihre Entdeckung informiert, indem sie diese aufgeregt und ausgiebig mit ihren Antennen bearbeitet hatte, bis die Genossinnen neugierig und auf die Spur aufmerksam geworden waren. Zunächst folgten einige besonders eifrige Arbeiterinnen den versprengten Pheromonspuren im Zickzackkurs, dann folgten weitere und immer mehr bis zum Neubaugebiet, in dem allmählich immer mehr Duftstoffmarkierungen gesetzt wurden. Nachdem sie eine ungefähre Ahnung bekommen hatten, was hier zu tun war und schließlich zu der gleichen Überzeugung gekommen waren, wie ihre Pionierin, war zunächst der Weg ausgebaut worden. Je mehr Tiere den Pfad benutzten, desto intensiver wurde die Spur. Erstes Ergebnis war eine Ameisenstraße, auf der es von Tieren nur so wimmelte. Das war die fast geschlossene Kolonne, die Erwin am Nachmittag entdeckt hatte, nachdem die Gänge und Kammern bereits gebaut waren, als ob die Tiere nachtaktiv gewesen waren. Und tatsächlich hatten nicht alle im Nest unter dem Gartenhaus geschlafen. Es waren genügend Arbeiterinnen in der Nacht aktiv gewesen, um die ersten Stollen zu graben, das weitere Bauwerk war am Vormittag gemeinsam von den Arbeiterinnenkolonnen errichtet worden. Die Ameisen verfügten über erstaunlich komplexe Orientierungssysteme: Sie besaßen einen Sonnenkompass, einen Wegintegrator, optische Landmarken und einen ausgeprägten Geruchssinn, mittels derer sie die Verteilung verschiedener Düfte und Formen in der Nestumgebung lernten und wie eine Landkarte einsetzten. Sie hatten ihr eigenes Ameisen-GPS. Wenn Sonnenkompass und Wegintegrator sie bis auf eine bestimmte Entfernung in die Nähe des neuen Nests gebracht hatten, schalteten die Tiere um auf Landmarkenorientierung, ein quer liegendes Holzstückchen, ein Steinchen, eine kleine Pflanze oder Moos. Zuletzt und vor allem bei Nacht schalteten sie dann auf Geruch um und fanden das neue Nest, weil es nach neuem Nest roch. Sobald sie in eine winzige Windfahne gerieten, die vom Eingang her wehte, liefen sie schnurstracks zum Neubau. Der Eingang roch nach Methylsalicylat, Decanal, Nonanal und Indol, und zwar nicht als beliebiges Gemisch in einem Duftfeld, sondern in bestimmten Anordnungen, welche sie schnell gelernt und als Orientierung genutzt hatten. Die Tiere orientierten sich also nicht nur an verschiedenen Düften im Bouquet und verknüpften diese in ihrer Erinnerung mit dem Eingang, sondern sie merkten sich tatsächlich die einzelnen Positionen der Duftpunkte. Sie rochen in 3-D. Um sich in dieser Duftlandschaft räumlich orientieren zu können, benötigten die Ameisen – wie beim Sehen – zwei getrennte Sinneseingänge, waren also auf ihre beiden Antennen angewiesen. Eine Ameise, die nach einem Kampf – wie später zu berichten sein wird – nur noch über eine Antenne verfügte, konnte sich nicht mehr orientieren. Sobald der Eingang gefunden war, roch es vor allem nach Kohlendioxid, nach verbrauchter Luft, denn die Tiere im Nest atmeten, es wurde Futter verdaut, all das ließ den

CO_2-Gehalt steigen. Das war ihr Stallgeruch. So weit waren sie an einem Tag gekommen. Doch Erwin sah nur das Oberflächliche: Eine Ameisenkolonne und ein Ameisennest mit Gängen und Kammern, die sich durch die Glaswand andeuteten und dahinter im undurchsichtigen Nirgendwo verschwanden.

Am nächsten Tag schien es Erwin, als hätte die verbliebene Landfauna im Terrarium einen schweren Stand, nachdem schon die Wasserbewohner infolge der Austrocknung verschwunden waren. Genau genommen sah Erwin nur noch die »Schwarzen« und daneben etwas Chitin auf der blanken Glasplatte in dem ausgetrockneten See. Bald wurde ihm das Beobachten der an Tieren verarmten Landschaft im Ex-Aquarium, Ex-Paludarium, Terrarium zu monoton und langweilig. Stattdessen streifte er durch seinen Garten. Dabei kam es ihm plötzlich in den Sinn, den Schwarzen Wegameisen doch wieder ein paar Lebewesen an die Seite zu stellen, als er auf dem Weg zum Komposthaufen mehrere kleine Ameisenhügel hinten auf der Wiese entdeckte. Diese Ameisen waren nicht schwarz, sondern zart gelblich oder braungelb. Erwin taufte sie »Die Gelben«. Der Kosmos Insektenführer wies sie als Lasius flavus aus und schrieb nicht vielmehr, als dass sie hügelartige Lehmnester bauten und nicht selten in der Gesellschaft anderer Arten siedelten. Also dachte sich Erwin, dass zwei Arten derselben Gattung doch recht nah verwandt waren und die Gelben ebenso in den Genuss einer Neubausiedlung kommen könnten wie ihre schwarze Verwandtschaft, um sich zu vermehren und auszubreiten. Mit einer kleinen Schaufel stach er ein kleines Stück des Erdhügels heraus und setzte die darin enthaltene Kolonie von Gelben samt zerbröselndem Gebäude in das Glasbecken etwas entfernt von den Schwarzen. Die Gelben waren ziemlich irritiert von diesem Transfer und befleißigten sich umgehend, ihr Gebäude wieder instand zu setzen, was sie mehr oder weniger heimlich, für Erwin jedenfalls kaum sichtbar erledigten. Die Gelben ernährten sich nämlich fast ausschließlich vom Honigtau der Wurzelläuse, die sie in ihrem Nest züchteten. Daher sahen sie wenig Anlass, in der Gegend herumzulaufen, um nach Nahrung zu suchen. Die allermeisten der braungelben Tierchen blieben unterirdisch und nur sehr wenige verließen das Nest, um Baumaterial zu suchen. Damit waren sie so unterirdisch beschäftigt, dass ihr kaum zu beobachtendes Treiben dem Erwin bald langweilig wurde. Er wandte sich ab, um seine Mittagsmahlzeit einzunehmen. Hätte er nur eine halbe Stunde länger ausgehalten, wären ihm die schrecklichen Szenen, die nun folgten, für immer im Gedächtnis geblieben.

Wir tauchen tiefer ein und berichten detailliert über den Kampf der Völker im Garten Erwin. Der Kosmos Insektenführer führt nämlich in seiner knappen Beschreibung in die Irre, wenn er behauptet, die Gelbe Wiesenameise siedelte nicht selten in der Gesellschaft anderer Arten. Jedenfalls war das mit den verwandten Schwarzen Wegameisen ganz und gar nicht zu machen, sehr im Gegenteil. Sobald eine der Gelben auf der Suche nach einer Lehmquelle in die Richtung der Schwarzen Kolonie krabbelte, stieß sie auf eine Patrouille, die nicht lange fackelte. Nach kurzem Betrillern hatten die Schwarzen sofort den Entschluss gefasst, den gelben Fremdling mit ihren starken Mandibeln am dünnen Hals zu fassen und ihm den Kopf abzubeißen. Damit nicht genug: Einmal auf die Spur gekommen, lief eine Schwarze zurück zum Nest und alarmierte die Bodentruppen. Eine nach der anderen rückten die Arbeiterinnen aus und folgten der Wächterin bis zu der geköpften Trophäe, nahmen Witterung auf und verstreuten sich in verschiedene Richtungen. Es dauerte etwa zehn Minuten, bis die erste den Lehmbau mit den wenigen Ausgängen entdeckt hatte, aus denen es stark und verdächtig fremd roch. Nach weiteren zehn Minuten orientierte sich die komplette schwarze Schar in Richtung des Feindbaus, der vom Himmel gefallen war. Sie scharrten an den wenigen Ausgängen, bis diese groß genug waren, um tiefer in das feindliche Lager einzudringen. Die Gelben Wiesenameisen waren aufgeschreckt und mehr aus Verwirrung und Neugier wollten sie ausnahmsweise ihr Nest verlassen, wurden jedoch in den engen Gängen von den Schwarzen abgefangen und nach draußen gezerrt. Die restliche Gelben liefen in der aufgekommenen Panik freiwillig hinaus und wurden schon erwartet. Jeweils zu zweit oder dritt attackierten die Schwarzen ihre kleineren Opfer von verschiedenen Seiten, bissen Wunden in Beine und Hinterleib, amputierten Füße und Antennen mittels ihrer Mandibeln, die wie Krummsäbel mit gezackten Klingen auf die Gelben einschlugen, bogen ihren Hinterleib zwischen den Beinen nach vorne und spritzen Ameisensäure aus ihrer Giftdrüse gezielt auf die hilflosen Gelben, vor allem in den Bereich der Gelenke, wieder und wieder, bis die Kraft der Opfer nachließ und sie sich bewegungsunfähig in ihr Schicksal ergeben mussten. Wäre die Schlacht nicht so unheimlich leise vonstattengegangen, hätte man die Schreie der Verwundeten, die Hilferufe der Sterbenden, die Schüsse der Giftspritzen und das Klacken der Beißwerkzeuge hören können wie in einem Shooter-Computerspiel. Da wurde ein Bein abgehackt, daneben wand sich eine Gelbe im Säureschmerz, es gab kein Feldlazarett und keine Hilfe, denn die große Stammkolonie war weit weg hinten auf der Wiese. Viele waren zur Gänze mit Gift eingesprüht und ihre

Chitinpanzer wurden plötzlich nass und dunkler. Wer sich anfangs noch irgendwie lösen konnte, versuchte durch Anpressen des Körpers an den Boden und durch Schleifbewegungen das Gift loszuwerden. Aber die Chemiekeule forderte letztlich von jedem ihren Tribut.

Gott sieht alles. Gott Erwin sah nichts. Als er nach seiner Mittagsruhe in den Garten zurückkehrte, traute er seinen Augen nicht. Vor den Resten des Lehmgebäudes war das Schlachtfeld übersät mit zuckenden, amputierten, grausam verstümmelten und leblosen Opfern. Erwin wandte sich überrascht und zugleich enttäuscht ab. Sein gutgemeinter Versuch mit den neuen Nachbarn war kläglich gescheitert. Die Schwarzen hatten ihre eigene Meinung gehabt.

Am nächsten Morgen war das Schlachtfeld geräumt, und zwar ordentlich aufgeräumt. Das kleine Lehmnest war bis auf den Grund abgetragen. Nichts sollte mehr an Gelbe Wiesenameisen erinnern. Und die Gelben selbst? Erwin fand ihre Überreste verschleppt und säuberlich zu einem Haufen aufgebahrt auf der blanken Glasplatte in dem ausgetrockneten See. Die Schwarzen hatten sie zwar nicht beerdigt, aber aus ihrer Sphäre entfernt, damit sie fortan wirklich ungestört unter sich leben konnten. Es fehlten nur Holzkreuze.

Und Gott Erwin sah, dass von seinem Werk nichts außer schwarzen Ameisen geblieben war. Da wandte sich Gott Erwin ab. Er beschloss, das Terrarium zu leeren und als altes Aquarium wieder in den Keller der Geschichte zu versetzen.

Karlheinz und ich

Im Kindergarten war er mir zum ersten Mal aufgefallen. Der Junge mit den rotblonden Haaren hieß Karlheinz. So wie ich. Warum meine Eltern mir den Namen Karlheinz gegeben hatten, wo es doch Tausende anderer, viel schönerer Namen gab, konnten sie mir auch später nicht erklären. Gespielt habe ich nicht mit dem rotblonden Karlheinz; es waren zu viele andere Kinder da, mit denen ich mehr oder weniger zufällig im Sandkasten die Förmchen oder drinnen die Bauklötze halbwegs friedlich teilte. Nur einmal sollten wir ein Schauspiel aufführen und ein Kind sollte einen Schweinehirten spielen, der so tat, als würde ihm die Nase laufen. Die Kindergärtnerin machte es vor, wischte von unten in einer weit ausholenden Bewegung die flache Hand an der Nase hoch und tat mit der nächsten Bewegung, nämlich Arm runter seitlich entlang der Hose, mit dieser Bewegung also tat sie so, als sei die Sache mit der Triefnase ohne anständiges Taschentuch geregelt. Für einen Vierjährigen sind zwei solcher anspruchsvollen Bewegungen nicht leicht durchzuführen; nachdem es mehrere Kinder versucht hatten, war ich ganz sicher der beste Schauspieler, aber Karlheinz bekam die Rolle, weil die Kindertante ihn besser fand. Seither sehe ich Karlheinz immer im Bilde des Schweinehirten, wie er unflätig die Rotznase wischt, mit einem grünen Seppelhut auf dem Kopf. Im Geiste ist dieser Karlheinz für mich seit jeher der »Rotzjunge«. Ich muss ziemlich gemotzt haben, denn nachher sollte ich eine Rolle als Nebenschweinehirt bekommen, eine Rolle, die wohl erfunden wurde, denn Nebenschweinehirte gibt es nicht, sagte meine Mutter, und da wollte ich auch keiner sein.

Ausgerechnet dieser Karlheinz kam in der Grundschule direkt neben mir zu sitzen und da man in der Schule zwei Namen hat, wurde es schnell offenkundig: Er hatte tatsächlich einen Nachnamen, und zwar denselben wie ich: Dürschinger. Er hieß Karlheinz Dürschinger und ich hieß Karlheinz Dürschinger, wie es denn zuweilen vorkommen kann, dass von Milliarden Menschen zwei den gleichen Vornamen oder den gleichen Nachnamen, und wenn es hoch kommt, dann auch mal beide Namen gleich haben können. Allzu erstaunlich war das für mich nun auch wieder nicht, denn es verhielt sich damit nicht anders als bei meinen Eltern, Peter und Maria Dürschinger, und ihren besten Freunden Peter und Maria Dürschinger. Die hatten auch einen Gemüseladen, nur in einer anderen Stadt. Genauer gesagt, hatten meine Eltern zwei Gemüseläden, »Dürschinger Gemüse« in der Oberstadt, wo meine Mutter den Laden führte, und »Dürschinger Gemüse« in der Unterstadt, den mein Vater leitete. Und die befreundeten Dürschingers hatten ebenfalls zwei Gemüseläden gleichen Namens, aber in zwei anderen Städten, einigermaßen entfernt von uns, so dass es keinerlei Konkurrenz gab, aber nah genug, dass man sich häufig traf, gemeinsam feierte, gemeinsame Urlaubsreisen unternahm und gemeinsam beim Großmarkt einkaufte, um Mengenrabatt zu bekommen. Peter und Maria Dürschinger und Peter und Maria Dürschinger waren beste Freunde. Die Eltern von Karlheinz Dürschinger, dem Rotzjungen, kamen nie in die Schule und nach Schulschluss schien er allein auf der Welt zu sein, als hätte er weder Eltern noch Freunde. Mein Freund war er auch nicht. Weder ließ er mich von seiner Arbeit abschreiben noch beteiligte er sich an den Pausenspielen. Wenn wir auf dem Schulhof hinter Hansi her ritten, um die Klausner-Bande einzuschüchtern, blieb Karlheinz im Hintergrund und nörgelte, was es denn für eine Dummheit sei, dem dicken Klausner zu drohen; der bräuchte nur umzufallen und wir wären alle platt. Als Gernot und ich dem Norbert einmal die Luft aus dem Fahrradreifen gelassen haben, stand Karlheinz hinter mir und unkte, dass uns der Lehrer Mentges beobachten würde. Einmal habe ich dem dummen Berndchen aus der zweiten Klasse einen Euro gegen achtzig Cent gewechselt und der hat es nicht bemerkt. Aber Karlheinz, der Rotzjunge, ist hinter mir hergegangen durch die Vorhalle, über den Korridor bis zu unserer Klasse, hat mir andauernd vorgeworfen, ein Betrüger zu sein und noch in der Rechenstunde ist er mir in den Ohren gelegen mit seinen Prophezeiungen hinsichtlich meiner verbrecherischen Zukunft.

Wie eine Klette haftete der rotblonde Karlheinz an mir. Nicht genug, dass er mit mir aufs Gymnasium wechselte, er hatte es sich offensichtlich angewöhnt, mein Sitznachbar zu sein. Dabei merkte ich allmählich, dass es bei ihm nichts abzuschreiben gab. Er war in den gleichen Fächern gut, in denen ich selbst gut war und ebenso eine Niete in Geschichte wie ich. Von ihm konnte ich keine Hilfe erwarten. Im Gegenteil: Er begann zu nerven. Als ich mitten in der Schlacht bei Issos einzuschlafen drohte, fühlte ich mich angerempelt und hörte dann einen von uns flüstern ›3 3 3 Issos Keilerei‹. Flüstern war seine Lieblingsbeschäftigung. Als mich der Mathematiklehrer unvermittelt aufrief, den Satz des Pythagoras aufzusagen, flößte mir Karlheinz ein: ›Störe meine Kreise nicht‹. Das sollte er sich selbst merken. Fortan wollte ich den rotblonden Karlheinz von meinen Kreisen ausschließen. Ich nahm einen Platz in der letzten Reihe ein, mein Doppelgänger setzte sich daneben und wir schliefen beide mit verschränkten Armen ein. In der Pause gesellte ich mich zu den Rauchern, die im Park auf der anderen Straßenseite anzutreffen waren. Der unvermeidliche Karlheinz folgte und flüsterte mir: ›Schüler sind beim Rauchen außerhalb der Schule nicht unfallversichert‹.

Beim Stadtfest musste ich feststellen, dass Wein Alkohol enthält und ebenso, dass diese Mixtur die Zunge lockert. Selbst mein nerviger Flüsterer konnte nicht verhindern, dass ich in eine Keilerei ähnlich der bei Issos geriet, aber nicht 3 3 3, sondern 1 2 3 und ich hatte nicht nur ein blaues Auge. Diese unerfreuliche Begebenheit hatte einen besonderen Effekt: Zur Selbstverteidigung lernte ich Kick-Boxen in der Kampfsportschule Walhalla, die sich in einem alten villenähnlichen Haus im Ockental unweit der Stadt eingerichtet hatte. Das wuchtige Gebäude war auf etwas mehr als zwei Seiten von hohen Felsen umringt und stand neben einem kleinen grün schimmernden Gewässer, das Ockensee genannt wurde und an dessen Rand ein Schild mit der Aufschrift ›Baden verboten‹ stand. Schon bei meinem ersten Probetraining konnte ich meinen Verfolger abschütteln, der rotblonde Karlheinz blieb draußen, womit ich zwei Fliegen auf einen Streich geschlagen hatte – geschlagen zu haben glaubte. Sobald das Training beendet war, stand er vor der Tür und begleitete mich in meinem Wagen ungebeten nach Hause, nicht ohne mir unterwegs kleinteilig darzulegen, was er über diese sogenannte Kampfsportschule alles herausgefunden hatte.

Ich erzähle das alles nicht, um für jemand anders irgendwelche Lehren daraus zu ziehen oder gar zu ermahnen, wie mein Namensvetter mich fast zwanzig Jahre lang flüsternd ermahnt hatte, sondern aus einem ganz banalen Grund: Ich habe Zeit und das kam so: Es war mir natürlich nicht entgangen, dass die Kampfsportschule Walhalla im abgelegenen Ockental ein idealer Ort für allerlei zwielichtiges Treiben war. Wenngleich hin und wieder eine Polizeistreife in das stille bewaldete Tal hinunterkam, mangels der Möglichkeit zur Weiterfahrt am Ockensee wendete und wieder davonstreifte, wenngleich an einem Dienstagabend einmal mehrere uniformierte Männer im Foyer gestanden hatten, während ich im Kick-Box-Saal trainierte, wenngleich ich von ebenda aus mehrmals draußen riesige Motorräder und Lederjacken mit dem Schriftzug Guerilleros sah, wenngleich es mir bald ein offenes Geheimnis wurde, dass hier Drogen und mehr im Spiel waren, für meine Zwecke war Walhalla ein idealer Ort, an dem ich ohne meinen rotblonden Partner tun und lassen konnte, was ich wollte, solange ich im Gebäude auf das Kick-Boxen konzentriert war. Sobald ich Walhalla verließ, war Karlheinz Dürschinger wieder neben mir, durchseuchte mein Gewissen mit Vorwürfen, die mich von dieser Stätte des Bösen, wie er sie nannte, weglocken sollten in die Welt der Rechtschaffenen, die nach dem Abitur einen ordentlichen Beruf ergreifen, Familie gründen und sich mit ihren braven Ersparnissen ein kleines Häuschen zulegten, das sie hoffentlich bis zu ihrem Renteneintritt abbezahlt hätten, statt mich dem Müßiggang und schlimmeren Lastern hinzugeben und mich ihm wie eh und je zu verweigern.

An einem schwülen Sommerabend beendete ich mein Training mit einem siegreichen Kampf gegen meinen Lehrer Helios, duschte und zog entspannt eine Linie durch. Sobald ich die hin und her krabbelnden Insekten unter der Haut spürte, riss ich die Eingangstür auf, zischte den lauernden Rotzjungen giftig an und riss ihn mit mir durch den steil ansteigenden Wald, bis wir ganz oben auf dem Felsen angekommen waren. Das Gewitter war schon nahe, es grollte über den Fichten um uns herum, unten lag der grün schimmernde Ockensee still und unbeeindruckt, nur die dunklen Wolken, die sich darin spiegelten, erweckten den Anschein eines gewissen Lebens, bis zu einem Moment, in dem sich im See ein zuckendes Licht spiegelte, so kurz, dass es eine Ewigkeit zu dauern schien, bis der dazu passende Ton zu hören war. Der Blitz, der Sturz, der Donner, dann war es vorbei. Im einsetzenden Regen stieg ich allein den bewaldeten Hang hinab, setzte mich allein in meinen Wagen und fuhr allein nach Hause. Kein Flüstern, kein Vorwurf, kein Drohen, kein Gewissensbiss störte mich.

Wenn ich sagte, dass ich Zeit habe, dann wäre das noch zu erklären: Es ist dem Umstand zu verdanken, dass ich seit zwei Wochen in Untersuchungshaft sitze. Man sucht noch handfeste Beweise für Körperverletzung, Diebstahl und Drogenhandel. Von Mord und Totschlag ist keine Rede. Ich gebe zu, ich habe mich gehen gelassen und so viel angestellt, dass ich einmal allein und in Ruhe darüber nachdenken muss, aber ich werde weder meinem Tagebuch noch der Kriminalpolizei alles bis ins Detail erzählen, denn sonst würde ich womöglich noch lange hier sitzen. Es tut mir nicht leid. Bei allem, was ich verbrochen habe, tut mir nur eins leid: Dass ich einen Teil von mir selbst geopfert habe, um unbeschwert leben zu können, obwohl gerade diese Tat gar nicht auf der polizeilichen Liste steht. Ich heiße Karlheinz Dürschinger, bin zweiundzwanzig Jahre alt und habe rotblonde Haare.

Das Zeitlos oder ›Wie ich einmal eine Wurst gegessen habe und was danach geschah‹

Ein Windstoß hatte uns zu dritt durch das offene Fenster getragen und meine Kameraden landeten geradewegs auf einem köstlich mit Zwiebelmettwurst bestrichenen Brötchen, während ich auf der Ablagefläche des Kühlschranks zu liegen kam. Oh, wie beneidete ich meine Freunde um dieses Paradies, in das sie unverhofft gelangt waren. Aber ich beneidete sie nicht lange; vielmehr wandelte sich mein Neid in ein warmes Gefühl des Mitleids, als ich mitansehen musste, wie eine riesige Hand das Brötchen samt meinen Gefährten ergriff, um sie sämtlich in einem riesigen Mund verschwinden zu lassen. Zugegeben, das musste nicht unbedingt ihren Tod bedeuten. Aber was eben noch paradiesisch anmutete, dürfte in kurzer Zeit seine appetitanregende Wirkung verloren haben, ganz abgesehen von der übergroßen Konkurrenz im Verdauungsprodukt und der in Aussicht stehenden Behandlung desselben.

Völlig unerwartet eröffnete sich mir eine neue Möglichkeit, besagtes Paradies zu erreichen, als ein winziges Stückchen, welches mir und meinen eventuellen Nachkommen aber zu wochenlanger Völlerei verhelfen konnte, einige Millimeter von meinem Standort entfernt zu liegen kam. Glücklicherweise verhalf mir die feuchte Oberfläche des Kühlschranks dazu, das Wurststückchen nach einer anstrengenden Stunde zu erreichen und ich begann, es zu besiedeln. Es schmeckte vorzüglich und ich spürte schon nach kurzer Zeit einen Vermehrungsdrang, der zunächst durch die plötzliche Überführung in einen Mülleimer unterbrochen wurde.

Obwohl es dunkel war, fühlte ich mich dort sehr wohl, erstens weil ich noch immer in meinem kleinen Paradies schwelgen durfte und zweitens, weil mir offenbar ein glücklicheres Schicksal beschieden war als meinen Artgenossen.

Nach ein paar Tagen – wir waren mittlerweile eine Familie mit einigen hundert Mitgliedern – wurde unser kleiner Planet in einen größeren und von dort schon bald in einen noch größeren verfrachtet, ohne dass wir dadurch sonderlich gestört wurden. Schließlich wurde es noch einmal kurz hell und wieder dunkel, worauf eine längere Periode ungetrübter Lebens- und Vermehrungsfreude unsere Gedanken an die dunkle Zukunft verdrängte.

Zwei Dinge waren es schließlich, die uns wachrüttelten. Einmal sahen wir uns zunehmend von Futterneidern anderer Art umgeben, gegen die wir uns, nun schon zu einigen Tausenden, ständig zur Wehr setzen mussten. Zum anderen – und das war viel schlimmer – schmolz unser Paradies nun zunehmend dahin und es stellte sich die bange Frage nach dem zukünftigen Nahrungsmittel. Zwar war unsere Gesellschaft schon längst nicht mehr auf das verschwindende Wurststückchen begrenzt; ich hatte bereits Nachkommen in der 112. Generation viele Zentimeter von unserem Ausgangspunkt entfernt. Aber die Nachrichten, die uns dann und wann von dort erreichten, waren schlecht. Es schien, als bestünde unser kleines Universum im Inneren nur noch aus Glas, Metall und Kunststoff, auf deren Verwertung wir überhaupt nicht spezialisiert waren. Die schlimmste Nachricht aber war, dass es kein Entrinnen gab.

Einige Pioniere, die bis an den Rand des Universums vorgedrungen waren, meldeten, dass dessen Hülle aus einem unüberwindbaren Material bestand. Wir mussten schließlich einsehen, dass wir in unserem Paradies gefangen waren, Millionen von Lebewesen zum Hungertod verdammt.

Meine Hand wird schwächer und ich will auch nicht weiter von dem unfassbaren Grauen der zahllosen Tode berichten, die hier zu jeder Minute eintreten. Ich will nur hoffen, dass irgendein jemand meine Hinterlassenschaft findet und ein wenig versteht.

Der Blaualgenmann

Es war einmal ein Mann, der konnte Sauerstoff produzieren, ähnlich wie eine Pflanze. Natürlich war dieser Mensch keine Pflanze und er war auch ansonsten sehr menschlich und bis auf diese eine besondere Eigenschaft konnte man ihn als einen normalen Menschen betrachten. Da es aber doch sehr ungewöhnlich ist, dass ein Mensch Sauerstoff produzieren kann, soll hier über diesen Menschen berichtet werden, der als »Blaualgenmann« bezeichnet wurde.

Wie es dazu kam, dass er Sauerstoff produzierte, ist schnell erzählt: Er hatte beim Baden in einem See lediglich ein wenig Wasser geschluckt. In einem Badesee befinden sich ganz üblicherweise viele Algen und Bakterien, darunter auch Cyanobakterien. Sie werden meist Blaualgen genannt, obwohl sie nicht zu den Algen, sondern zu den Bakterien gehören. Einmal verschluckt, gelangte eine Portion Blaualgen mit dem Wasser in den Verdauungstrakt dieses Menschen und vermischte sich auf ganz natürliche und selbstverständliche Art mit der vorhandenen Darmflora. Soweit ist dieser Vorgang völlig normal und passiert jedem, der jemals in einem Badesee ein wenig Wasser schluckt. Die hier zu behandelnde Portion Blaualgen jedenfalls fand ebenso wie die anderen Mikroorganismen im Verdauungstrakt geeignete und stets aufs Neue zugeführte Nährstoffe, so dass sie sich in ihrem neuen Domizil gut einrichten konnten, ohne das Gesamtgefüge zu stören. Dass sich Blaualgen im menschlichen Darm ansiedeln, wurde bislang wissenschaftlich noch nicht festgestellt; vielmehr ging man davon aus, dass sich solche menschenfremden Mikroorganismen bei der nächsten Darmentleerung verabschieden, wobei das Phänomen konkret hinsichtlich Cyanobakterien tatsächlich noch nicht untersucht wurde. Ihr menschlicher Wirt hatte indessen mit dieser Ansiedlung kein Problem, keine Bauchschmerzen, keinen Durchfall, keine erhöhte Darmperistaltik, er merkte zunächst überhaupt nichts davon, weshalb es für ihn auch keinen Anlass zu ärztlicher Untersuchung gab. Bis auf die Flatulenzen, die sich nach einigen Tagen einstellten.

Herbert M. war wie gesagt ein normaler Mensch und genauer gesagt ein einfacher Mensch. Er war 33 Jahre alt, Lagerarbeiter in einem Baumarkt, nicht liiert und wohnte noch bei seinen Eltern. Herbert redete nicht gern und liebte seine einsame Tätigkeit im Lager. Mutter M. war die erste, die etwas bemerkte, weil eine Mutter ihr Kind am besten kennt. Und wenn das ansonsten seit 33 Jahren stark transpirierende Kind von einem Tag auf den anderen eine Art Wohlgeruch verbreitet, so ist dies einer Mutter Anlass genug, das Kind zumindest auf eine veränderte Angewohnheit, in erster Annäherung auf ein neues Deodorant anzusprechen. Das war es nicht. Auch die angeborenen mütterlichen Instinkte wie das Riechen an der Schmutzwäsche ergaben keinen Reim auf den frischen Duft in Herberts Zimmer. Einstweilen ließ die Mutter es dabei bewenden. Der Bub hatte jedenfalls nichts Schlimmes angestellt.

Anders verhielt es sich mit Herberts Kollegin Bella aus dem Personalbüro, die ihn regelmäßig zum SB-Restaurant neben dem Baumarkt mitnahm, damit der unbeholfene Herbert zu einem begleiteten Mittagessen kam. Herbert war ihr ein angenehmer Pausenpartner, weil er im Gegensatz zu anderen Kollegen beim Essen nicht sprach. Mehr war nicht. Bella mochte Herberts Schweigen, weniger seinen Geruch und dachte nicht im Entferntesten an eine weiterreichende Beziehung als mit Herbert eine Mahlzeit einzunehmen. Das änderte sich an dem Tag, da Herbert wortlos beim Essen so laut furzte, dass von sämtlichen Nachbartischen aufmerksame Blicke auf das ungleiche Paar gerichtet wurden. Bella war am nächsten dran, um einen unerwarteten olfaktorischen Reiz zu verspüren, der durchaus nicht in Einklang mit dem gewöhnlichen Furzgeräusch zu bringen war. Herberts Darmwinde setzten sich fort, ohne dass er ein Thema daraus machte, Bella wollte ebenfalls nicht darüber sprechen, denn die beiden sprachen grundsätzlich nicht beim Essen. Die Tischnachbarn aber verziehen ihren Ohren gern, sobald ihre Nasen gewissermaßen in die Lage versetzt wurden, die faden Speisen zu würzen. Die Atmosphäre im SB-Restaurant verbesserte sich, es wehte ein frischer Wind.

Bella konnte nicht umhin, ihren Freundinnen von dem aromatischen Kollegen zu berichten und die Freundinnen konnten nicht umhin, Bella zu bitten, ihren Aromaträger doch einmal am Samstag in die Diskothek einzuladen. Die Idee gefiel Herbert zwar nicht besonders, aber er besann sich schnell, um Bella einen Gefallen zu tun und weil er selbst nicht unbedingt asexuell war, ließ er sich auf das Abenteuer ein, die Kollegin nebst zusätzlichen Damen auf einen Schlag einmal in anderer Atmosphäre und unter veränderten Umständen kennenzulernen. Samstagnacht tanzte Herbert unbeholfen in einem Lichtermeer auf ihm, unter ihm und um ihn herum, welches seine neuen Darmbewohner dermaßen an ihre Heimat erinnerte, dass sie ihre Sauerstoffproduktion enorm steigerten. Die Musik übertönte jedes andere Geräusch, übrig blieb ein immer stärker werdendes Flair von Frische, das sich um Herbert herum ausbreitete, bis es einen Menschenklumpen gab, der unbewusst um den Produzenten herumtanzte, immer näher, immer dichter, wie Motten ums Licht tanzen, bis Sarah zugriff und Hebert von der Tanzfläche weg dem seligen Volk entriss. Bellas Freundin entführte Herbert entschlossen von der Disco zu sich nach Hause, wo sie vergessen hatte, zu lüften, doch bevor sie ihr Bett erreichte schien es ihr bereits, dass ein anderer es ihr abgenommen hatte, denn die Luft konnte besser nicht sein.

Mit Sarah traf sich Herbert in der folgenden Woche noch mehrmals, natürlich bei Sarah, denn Mutter M. sollte keinesfalls durch seine neuen Interessen beunruhigt werden. Dezent erfuhr Herbert, dass Sarah in einem mikrobiologischen Institut arbeitete, ohne dass er die Konsequenzen zu ahnen imstande war. Im Institut war nämlich jüngst ein interessanter Fall von menschlichem Duft in der Diskussion, die von Sarah angestoßen worden war und den Biochemiker Dr. Freimann im Zusammenhang mit seinen Forschungen zur Photosynthese der Pflanzen auf neue Ideen brachte. Herbert wurde für 2.000 Euro Gage ins Institut für Pneumatische Bioprozesstechnik eingeladen, um für ein paar harmlose Experimente verfügbar zu sein. Herbert nahm das Angebot an und nahm ferner an, dass der kleine Nebenverdienst ohne weitere Konsequenzen blieb. Da irrte er sich.

Schon das erste Experiment wurde ihm sehr peinlich, weil es nicht in der Abgeschiedenheit stattfand, die er sich vorgestellt hatte. Herbert wurde mit nacktem Hintern und hochgelegten Beinen auf einen gynäkologischen Stuhl geschnallt und gebeten, kräftig zu pupsen, sobald das Kommando kam. Eine Schwester trat mit einer Wasserstofflasche hinzu, deren Schlauchöffnung sie ihm dicht zwischen die Pobacken hielt; es zischte. Dr. Freimann gab das Kommando, der Proband ließ einen fahren und der Doktor zündete ein Stabfeuerzeug; es knallte. Das war die Knallgasprobe. Der Wissenschaftler sah sich bestätigt: Die Knallgasreaktion entsteht bei der Reaktion von Sauerstoff mit Wasserstoff. Wenn ein Knall zu hören ist, ist die Knallgasprobe positiv, Wasserstoff ist nachgewiesen. Da aber die Schwester bereits den Wasserstoff zugeführt hatte, war Wasserstoff als anwesend bekannt, es fehlte nur der Sauerstoff – und der kam aus dem Pups. Also hatte der Proband Sauerstoff abgeblasen, der aus seinem Inneren kam.

Nach diesem einfachen chemischen Test gab es weitere Untersuchungen. Eine Stuhlprobe bestätigte die Anwesenheit von Cyanobakterien, die im Allgemeinen dort nicht vorhanden sind, bei Proband M. dagegen sehr wohl. Man erklärte es ihm, um ihn zu beruhigen.

»Cyanobakterien«, erklärte Dr. Freimann, »im Volksmund Blaualgen genannt, gehören zu den ältesten Lebewesen auf unserer Erde, die entscheidend dazu beigetragen haben, dass eine sauerstoffhaltige Biosphäre entstanden ist«.

Proband M. sah den Doktor verständnislos an.

»Seit jeher leben Blaualgen auch an Orten, wo kein Licht hinkommt. Stattdessen haben sie einen anderen Weg gefunden, wodurch sie sich auch ohne Licht selbst ernähren können. Sie nutzen statt dem Licht anorganische Verbindungen als Energiequellen: Schwefel, Nitrit, Nitrat, Ammoniak, Eisen, alles Quellen, aus denen sie Sauerstoff ohne Licht produzieren, alles Mögliche also, was so im Darm vorhanden ist.«

Herbert staunte jetzt ordentlich über seinen Darm.

»Blaualgen haben die Photosynthese mit Chlorophyll erfunden und dazu noch die Chemosynthese mit Phycobilinen. Am Ende entsteht Sauerstoff.«

Herbert war beruhigt und fast ein bisschen stolz.

Die Wissenschaftler um Dr. Freimann trugen alle Ergebnisse zusammen und tauschten sich mit Pharmakologen aus mit dem Ergebnis, dass diese den Blaualgenmann so interessant fanden, dass sie ihn zunächst zur Vermehrung nötigen wollten. Soweit ließ sich Herbert nicht für Geld beeinflussen, ließ es gegen eine kleine Summe aber zu, dass man Abstriche von ihm nahm, um Zellkulturen anzulegen. Im Geiste sah Herbert schon sein Konterfei auf Packungen von homöopathischen Arzneimitteln: ›Blaualgin – Kapseln zum Einnehmen, 3 x täglich‹. Doch davor wurde er bewahrt, nachdem die Blaualgen auch seine äußere Hülle besiedelten. Denn sie entpuppten sich als äußerst resistent gegen Austrocknung und was sie im Dunkeln konnten, das konnten sie im Licht noch besser: Photosynthese. Dieses Phänomen brachte die Wissenschaftler zusammen mit den Pharmakologen auf eine andere Idee.

»Biokrusten sind bekanntlich ein wirksamer Schutz gegen Erosion durch Wind und Wetter«, sagte einer. »Es wurde bereits 2024 festgestellt, dass Cyanobakterien die Chinesische Mauer vor Zerfall bewahren.«

Vielleicht konnten sie auch die menschliche Haut vor Zerfall schützen. Man musste mit Herbert nur weitere Experimente anstellen, bevor man ›Cyanobak‹ zum Einreiben entwickelte. Dumm nur, dass Herbert blau wurde. So wie hellhäutige Menschen beim Sonnenbad braun wurden, so wurde Herbert mit seinen Blaualgen blau. Stellenweise bekam er eine blau-grüne Färbung, aber im

Gesicht, wo es jeder sehen konnte, war er blau. Da wurde auch diese Idee fallengelassen und Herbert von weiteren Untersuchungen befreit. Seither trug er den Spitznamen »Blaualgenmann«.

Herbert konnte mit seiner Sauerstoffproduktion die Welt nicht retten und man konnte ihn nicht retten. Er blieb blau und arbeitete fortan wieder im Baumarkt, eingehüllt in eine blaue Kruste und in einen Blaumann, der nur das Gesicht freiließ. Wie eingangs erwähnt, redete Herbert nicht gern und liebte seine einsame Tätigkeit im Lager. Als Lagerarbeiter hatte er keinen Kundenkontakt, nur ab und zu kam ein Kollege nach dem Rauchen herein, um frische Luft zu tanken. Mutter M. schluckte die Erklärung mit den Cyanobakterien so wie Herbert das Badeseewasser geschluckt hatte, schon deshalb, weil ihr Sohn hinlänglich untersucht und als vollkommen gesund befunden worden war. Es hatte sich wenig geändert in seinem Leben. Schade war nur, dass Bella ihn nicht mehr zu Mittagessen mitnahm.

Das Loch im Eichenwald

Wer heute durch Spanien reist, kann sich kaum noch vorstellen, dass bis ins Mittelalter das ganze Land ein riesiger Wald war, zu 83 Prozent bedeckt mit Laubbäumen, zu 8 Prozent mit Nadelhölzern. Ein Eichhörnchen konnte von den Pyrenäen bis nach Gibraltar hüpfen, ohne den Boden zu berühren. So grün blieb die iberische Halbinsel, bis das spanische Königspaar Isabella und Ferdinand den Genuesen Kolumbus zur Entdeckung neuer Welten ausrüstete: Für den Schiffbau wurde Anfang des 16. Jahrhunderts zum ersten Mal in großem Stil gerodet. Hundert Jahre später brauchte Philipp II. noch mehr Holz, um seine riesige Armada gegen England zu bauen, die dann wenig ruhmvoll 1588 unterging. Tausende von Bäumen aus spanischen Wäldern verfaulten auf dem Grund des Ärmelkanals, vermoderten vor Irland und Schottland. Während der Säkularisation des Kirchenguts im 19. Jahrhundert wurden die Klosterwälder enteignet und für die Landwirtschaft gerodet. Besondere Waldfreunde waren die Spanier nie. Sie holzten weiter munter drauflos, um Felder für Weizen und Wiesen für Schafe und Ziegen zu schaffen. Bäume mochten die spanischen Bauern schon deshalb nicht leiden, weil sich allerlei Vögel in ihren Wipfeln Nester bauten, um dann hungrig über die frisch gesäten Felder herzufallen.

Nur die spanische Oberschicht hatte ein Interesse daran, dass weiterhin ein wenig Wald blieb, damit jagdbares Getier heranwachsen konnte. Juan González Márquez war Großhändler und Großgrundbesitzer in A Coruña im Nordwesten Spaniens. Er handelte mit Holz und Fleisch. Der findige Unternehmer hatte Ende des 19. Jahrhunderts den Holzmangel und die damit verbundenen Möglichkeiten erkannt und seine Sommersitze in der galicischen Provinz genutzt, um Eichen anzubauen und nebenbei Wildschweine zu jagen, alles zum wohlfeilen Verkauf zu guten Preisen an staatliche Behörden. Die Waldarbeit überließ er seinen Granjeros forestal, die er von verarmten Bauernhöfen anheuerte und denen er kostenlose Logis in seinen sogenannten Waldresidenzen gewährte, solange er selbst dort nicht verweilte, also geradezu ganzjährig. Diese Landsitze waren einfache Blockhütten mit einem einzigen Raum und mehreren Schuppen als Lager. Die Aufgabe der Granjeros war einfach und klar: Eicheln sammeln, Sämlinge anziehen, Sämlinge auspflanzen, Bäume pflegen, Holz ernten. Für Verpflegung sorgte Don González Márquez, indem er einmal im Monat eine Pferdekutsche mit Vorräten vorbeischickte. Was der Unternehmer im Überfluss besaß, waren Taschenuhren mit aufklappbarem Metalldeckel, die er aus einem Tauschgeschäft mit der amerikanischen Waltham Watch Company erhalten hatte, für die er aber außer zur guten Zusammenarbeit mit den behördlichen Kunden keine vernünftige Verwendung fand. Daher schenkte er jedem seiner Kutscher und Granjero eines dieser überschüssigen Ührchen.

Hier also lebte Obadja Torres als Granjero in einer Blockhütte inmitten der gedeihenden Wälder Galiciens, und sorgte für deren weiteres Gedeihen, allein und weit entfernt vom Hof seines Vaters und den Dörfern der Umgebung. Dieses Leben war ihm gut genug, er hatte ein Heim, er hatte Arbeit, er hatte ein Auskommen und als wertvollsten Besitz eine Taschenuhr, die er stets sorgsam in der Hosentasche aufbewahrte. Außer Obadja lebte nur ein lästiger Wilderer irgendwo in den Wäldern. Oft genug fand Obadja die Spuren seiner Jagd in Form von Wildschweinresten überall in den Wäldern und oft genug war er in der Frühe durch einen entfernten Schuss geweckt worden. Ein paarmal hatte er den Mann mit dem seltsam spitzen Sombrero und den abgetragenen Schnürschuhen auch gesehen, als er einen Sack Eicheln aus dem Schuppen stehlen wollte. Zum Glück war der Dieb scheu und erschrocken geflohen, obwohl er eine alte Flinte besaß. Es würde Obadjas Herrn gar nicht gefallen, dass jemand sein Wild und seine Eicheln stiehlt. Aber auch wenn er selbst eine Flinte gehabt hätte, wäre es Obadja nicht in den Sinn gekommen, den Wilderer zu stellen. Das war nicht seine Aufgabe.

Eines Morgens entdeckte Obadja Torres ein Loch im Boden hinter der Blockhütte mitten im Sämlingsbeet. Das Loch war kreisrund. Scharf grenzte es sich von seiner Umgebung ab, als hätte es jemand mit einer riesigen Bohrkrone in den Boden gesägt. Obadja umkreiste langsam das schwarze Loch. Es hatte einen Durchmesser von gut zwei spanischen Ellen und nichts war darin zu sehen. Der Granjero stand und staunte und als er genug gestanden und gestaunt hatte, befand er es als seine Pflicht, seinen Pflichten nachzukommen und nach den Eichenplantagen im Norden zu sehen und sie von Wildwuchs zu befreien. Gewöhnlich besuchte ihn niemand hier draußen außer dem monatlichen Proviantkutscher oder den Holzfällern im Winter und so würde auch heute keiner vorbeikommen und in das Loch fallen. Immerhin schob er am Abend provisorisch ein paar Holzkisten und drei Säcke mit Eicheln aus einem der Schuppen um das Loch.

In der Nacht träumte Obadja von einem Kiefernwald. Sein Traum war recht konkret, er sah sich selbst vor einer Hütte in diesem Kiefernwald sitzend und die Hand einer hübschen Frau mit langen dunklen Haaren haltend. Er konnte im Traum sogar seinen Traum analysieren und feststellen, dass er eine Sehnsucht träumte, da er ja hier in der Einsamkeit des galicischen Waldes keine Frau kennenlernte. Warum es aber ein Kiefernwald war und ob er sich auch nach Kiefern sehnte, war ihm nicht klar.

Am Morgen stand Obadja Torres früher auf als gewöhnlich. Er wollte sich vor der Arbeit noch mit dem merkwürdigen Loch hinter der Blockhütte beschäftigen. Es war noch da. Sicherheitshalber legte er noch drei weitere Säcke mit Eicheln zwischen die Holzkisten, rammte ein paar Latten um das Erdloch und umspannte es mit einem Seil. Das war zwar nicht sicher, aber es markierte leidlich die mögliche Gefahr, falls doch jemand vorbeikommen würde, während er sich auf den Eichenplantagen aufhielt. Obadja setzte sich auf eine der Kisten, um kurz auszuruhen, und sah auf seine Taschenuhr. Meistens schlief er bis acht, jetzt war es sieben Uhr. Da war es ihm, als erblickte er im Augenwinkel kurz zwei Schuhe im Loch, die sofort wieder verschwanden. Hatte er sich getäuscht? Was sollten zwei Schuhe in dem Loch? Der Granjero beschloss, erstmal zu frühstücken, holte Brot und Käse aus der Hütte und speiste auf der Kiste neben dem Loch, das er nicht aus den Augen ließ. Eine gute Stunde verweilte er auf seinem Posten, aber es ereignete sich nichts weiter. Offenbar hatte er sich getäuscht. Obadja beendete das Frühstück, brachte die restlichen Speisen nach drinnen und sah vor dem Loch noch einmal auf die Uhr. Es war 8 Uhr 24. Er warf einen faustgroßen Rundstein hinein und lauschte. Kein Geräusch war zu hören. Kein Platsch, kein Klack, kein Bums. Er warf noch einen Stein hinterher. Das Ergebnis war das gleiche: Der Stein war weg und er war geräuschlos verschwunden, als ob er in ein endloses Loch gefallen wäre. Dann machte der Waldarbeiter sich auf den Weg zur nördlichen Plantage.

Gegen halb zwei kehrte Obadja vom Eichenwald zurück, setzte sich auf eine der Kisten und blickte gedankenverloren in das dunkle Loch. Er sah auf seine Taschenuhr. Es war 14 Uhr. Da war es ihm, als erblickte er im Augenwinkel kurz einen Stein im Loch, der sofort wieder verschwand. Obadja wunderte sich umso mehr, als der Stein erneut auftauchte, einen winzigen Moment in der Luft verharrte und dann wieder hinabfiel. Er erinnerte sich an die beiden Rundsteine, die er am Morgen in das Loch geworfen hatte. Wie schon am Morgen, war auch jetzt nichts zu hören, nichts deutete darauf hin, dass die Steine irgendwo angestoßen oder angekommen wären. Der Granjero umrundete das Loch, setzte sich wieder auf die Kiste, sinnierte über Steine und Schuhe, Eichen und Kiefern nach und auch darüber, dass niemand ihn besuchte, abgesehen von dem Proviantkutscher und den Holzfällern im Winter. Seit er hier eingezogen war, hatte er das Gefühl, von der Welt abgeschnitten zu sein, einsam zu sein, allein hier zu versauern. Im Grunde hielt ihn nichts hier im öden Galicien, aber eine andere Arbeitsstelle hatte er nicht gefunden. Er packte das übrig gebliebene Käsebrot aus seiner Tasche, kaute langsam darauf herum und wartete. Es war kein Stein zu sehen, aber der Waldarbeiter blieb beharrlich sitzen und wurde dafür belohnt, denn um 15:24 Uhr endlich war der Stein wieder kurz zu sehen und bald darauf noch einmal. Oder das war der zweite Stein, den er am Morgen hineingeworfen hatte. Jedenfalls hatte Obadja ihn erwischt und auf die Uhr gesehen. Etwas oder jemand hatte die Steine zurückgeworfen. Da unten war etwas oder jemand. Ein Stein fällt nach unten und wenn er einmal nach oben fliegen würde, dann nur, weil ihn jemand geworfen oder etwas ihn katapultiert hätte. Wenn da unten in sinnloser und unvernünftiger Weise ein Mensch saß, der Schuhe und Steine nach oben warf, dann wollte er dem Halunken noch einmal einen dritten Stein auf den Kopf werfen und überhaupt wollte er ihn vertreiben und das Loch wieder geschlossen haben.

Wieder sah Obadja Torres auf die Uhr, wartete, bis es genau 15:30 Uhr war, und warf den dritten Stein in das Loch. Er wagte sich nun nicht mehr von seinem Beobachtungsposten weg, saß auf der Kiste und übte sich in Geduld, was gar nicht so einfach war, wenn ein Käsebrot nicht ausreicht, um den Hunger zu stillen und ein dunkles Loch anzustarren nicht unbedingt unterhaltsam war. Wieder wurde er belohnt. Um 16:48 Uhr erschien der erste Stein, verschwand wieder, eine Minute später erschien der zweite Stein und verschwand ebenfalls wieder. Um 16:54 Uhr erschien der dritte Stein, wenn es denn nicht immer der gleiche war. Auch er fiel wieder in die Tiefe. Dieses Schauspiel bekam für Obadja Torres nun Unterhaltungswert und steigerte seine Neugier. Niemand hatte von unten gerufen, keiner hatte einen Schmerzensschrei ausgestoßen. Obadja saß auf der Kiste und wartete auf das nächste Erscheinen. Und tatsächlich tauchten die drei Steine nacheinander wieder kurz auf, um 18:12 Uhr, um 18:13 Uhr und um 18:18 Uhr. Wenn das nun so eine Regelmäßigkeit hatte, konnte Obadja sich in Ruhe noch ein paar Brote machen und einen Krug Wasser holen. Wieder setzte er sich auf die Kiste und wartete und wurde belohnt, denn die Steine erschienen pünktlich um 19:36 Uhr, um 19:37 Uhr und um 19:42 Uhr. Der Granjero konnte sich inzwischen ausrechnen, dass das nächste Erscheinen um 21 Uhr zu erwarten war, doch diesmal wartete er vergeblich und es begann zu dunkeln. Warum wartete der da unten so lange? Immerhin waren eine Stunde und 24 Minuten längst vergangen, bis ein jeder Stein wieder hätte auftauchen müssen. Oder war der oder die oder das inzwischen so tief unten, dass die Steine noch länger unterwegs waren? Das wäre absurd, dachte Obadja. Da müsste einer schon unglaublich tief unten sein und eine ordentliche Schleuder haben, wenn die Steine jetzt einen so langen Weg zurückzulegen hatten. Oder wartete der da unten? War er eingeschlafen? Obadja wartete und wartete. Er wartete vergebens. Keiner der Steine tauchte wieder auf. ›Vielleicht habe ich den da unten doch am Kopf getroffen‹, dachte er zuletzt und ging endlich ins Haus.

Die folgende Nacht war so unruhig wie seine Träume. Draußen tobte eine steife Frühsommerbrise in den Eichen, drinnen lag Torres in seltsamen Träumen von einem kühlen Kiefernwald und einer jungen Frau. Wieder sah Obadja sich selbst im Traum an diesem anderen Ort, einem unbekannten Ort, bei dieser unbekannten Frau. Spät in der Nacht war er endlich eingeschlafen. Er hätte leicht am Morgen länger liegen bleiben können, denn es war Sonntag. Aber schon um halb sechs war er wieder wach und beschloss sofort, sich dem runden Loch mit den Schuhen und Steinen zu widmen. Zunächst wartete er eine Stunde und 24 Minuten ab, ob die Steine wieder auftauchten. Das taten sie nicht. Einigermaßen enttäuscht warf Obadja um Punkt sieben Uhr einen vierten Rundstein in das Loch, setzte sich auf seine Kiste und wartete, bis der Stein im gewohnten Rhythmus wieder erscheinen mochte. Er wartete wieder eine Stunde und 24 Minuten, aber auch der vierte Stein erschien nicht. Der da unten war tot oder weg. Obadja hätte froh sein können, denn eigentlich hatte er sich genau das gewünscht. Sollte er jetzt anfangen, das Loch zuzuschütten? Würde er dann eine Art Begräbnis veranstalten? Er sah auf die Uhr, es war halb neun. Unschlüssig erhob er sich von der Kiste. Sein rechtes Bein war eingeschlafen und als er gehen wollte, stolperte er über einen Stein und stürzte kopfüber in das Loch.

Sein erster Gedanke war: ›Gleich tut es weh.‹ Doch es tat nicht weh. Er flog. Er stürzte in die Tiefe, tiefer und tiefer, und kam nicht an. Es tat nicht weh, es wurde nur wärmer und ein bisschen fühlte Obadja sich gepresst, sodass ihm das Atmen schwerfiel. Er schwitzte mehr und mehr und das bewusste Atmen wurde immer anstrengender, doch durch den rasanten Fall entstand ein kühlender Fahrtwind, der ihm noch dazu Luft durch den geöffneten Mund pumpte. Offenbar war der Tunnel vollkommen gerade, denn er stieß an keiner Wand an, fiel einfach schnurgeradeaus in die Richtung, in der er hineingefallen war. Sicht, Raum und Zeit gingen ihm verloren, es blieb nur das Gefühl einer immer schnelleren Reise durch ein Loch. Eben noch hatte Obadja gedacht, er müsse bald den Steinewerfer finden und auf einem Toten landen. Inzwischen hatte er es aufgegeben, über den Aufprall nachzudenken oder nach einem Halt zu suchen. Er hob den Kopf, um ein Licht am Ende des Tunnels zu erblicken, wusste aber bald nicht mehr, ob er nach vorne oder hinten, nach oben oder unten schauen sollte. Vielleicht ging es ihm wie den Steinen, die zunächst wieder zurückgekehrt waren. Dann würde er jetzt, die Füße voraus, wieder in Richtung seiner Blockhütte fliegen. Überhaupt kam es ihm vor, als würde der Fall allmählich verlangsamt, als würde es kühler und als könne er freier atmen. Es dauerte noch eine ganze Weile, da sah er es: Das Licht am Ende des Tunnels.

Obadjas Kopf tauchte kurz ins Licht und sein Körper drohte bereits wieder zurückzufallen, da griffen zwei Hände hinab nach seiner Schulter, hielten ihn fest, zwei Arme hakten sich in seine Achseln ein und zogen ihn aus dem Loch, über den Rand hinaus in einen kühlen Kiefernwald. Obadja hörte das Schnaufen seines Retters, sortierte kurz seine Gliedmaßen und seine Gedanken, dann erblickte er den Mann mit dem seltsam spitzen Sombrero. Zunächst wollte Obadja sich bedanken, aber der Wilddieb hatte offenbar nur auf ihn gewartet, um ihn zu beschimpfen.

»Was gräbst Du für ein dämliches Loch«, schrie der Wilderer ihn an, »dass ich hineinfalle und hin und her fliege, dass mir die Ohren sausen?«

Ehe Obadja etwas antworten konnte, stürzte der Wilderer mit einem Messer auf ihn zu. Obadja machte noch im Liegen eine kurze Drehung, so dass der Angreifer über sein Bein stolperte und genau in das Loch stürzte. Obadja vernahm ein leises Wimmern, schaute in das Loch, bezweifelte, dass das Wimmern vom stürzenden Wilderer stammen konnte und tatsächlich: Ein paar Meter entfernt, saß an einen Baum gefesselt eine hübsche Frau mit langen dunklen Haaren und wimmerte mit staunend großen Augen. Mit dem verlorenen Messer des Wilderers befreite Obadja die Frau und sprach beruhigend auf sie ein, bis er feststellte, dass sie kein Spanisch verstand. Es brauchte viel Geduld und viele Gebärden, bis die beiden einigermaßen Klarheit über die Situation erlangten. Die

Frau hieß Keira. Sie erklärte umständlich, dass sie hier arbeitete, hier im Wald, im Kiefernwald, am Mount Thomas, in der Nähe der Stadt Christchurch in Neuseeland. Obadja wusste damit nichts anzufangen, weder kannte er diesen Berg noch die Stadt, noch hatte er jemals von einem Neuseeland gehört.

Obadja fasste seine Situation innerlich zusammen: Bevor er in das Loch gefallen war, befand er sich in Galicien und es war halb neun morgens. Jetzt war er angeblich in einem Neuseeland und es war Abend. Nach seiner Taschenuhr war es viertel vor zehn, ob abends oder morgens, das gab das Ziffernblatt nicht her. Das Geplänkel mit dem Wilderer und das Gespräch mit Keira mochten eine gute halbe Stunde gedauert haben. Dann war er wohl ungefähr um viertel nach neun aus dem Loch gezogen worden. Weiter konnte er sich keinen Reim machen, als dass er an einem anderen Ort und zu einer anderen Zeit gelandet war. Keira hatte eine kleine Hütte ganz in der Nähe, ganz wie Obadja in seinem Eichenwald. Dort übernachtete er bei ihr und sie verstanden sich im Dunkeln ausgezeichnet ohne Worte.

Am Morgen gingen die beiden zum Loch und knieten sich vorsichtig davor, um nicht hineinzufallen. Erst jetzt bemerkte Obadja die vier Rundsteine neben dem Loch, die er in A Coruña zuletzt vermisst hatte. Keira gab ihm zu verstehen, dass sie den Mann mit dem Spitzhut vorgestern Abend aus dem Loch gezogen und dieser sie dann gefesselt hatte, als es dunkel wurde. Gestern Morgen hatte er die Steine herausgefischt, erst zwei und dann noch einen und gestern Abend wieder einen und dann Obadja. Da plötzlich erschienen kurz zwei Schuhe im Loch und verschwanden wieder. Obadja und Keira hatten es beide deutlich gesehen. Diese Schuhe kannte Obadja, das waren die Schuhe des Wilddiebs, dessen spitzer Sombrero noch immer neben dem Loch lag. Obadja hatte nichts weiter bei sich als seine Taschenuhr. Sie zeigte zehn vor zehn, also entweder 9:50 Uhr, wie es der Sonnenstand vermuten ließ, oder 21:50 Uhr, denn wenn es gestern Abend nach der Uhr Morgen war, dann war es heute Morgen nach der Uhr Abend oder anders? Obadja wurde es zu kompliziert, er brauchte jetzt doch nur eine Differenzzeit, denn er wusste, dass die Steine immer eine Stunde und 24 Minuten unterwegs waren, bevor sie in A Coruña wieder auftauchten. Also wartete er eine Stunde und 24 Minuten ab, ob die Schuhe wieder auftauchten und bekam dabei fast ein schlechtes Gewissen, denn wenn der Bösewicht hier gestern ›Abend‹ hineingefallen und jetzt am ›Morgen‹ immer noch unterwegs war, dann hatte der arme Mann mindestens ein ordentliches Ohrensausen vom Hin- und Herfliegen. Obadja überlegte, wie der Wilderer wohl auf diese Seite der Welt gelangt war, denn das gleiche hatte er schon in seinem Eichenwald gesehen: Zwei Schuhe, die wieder verschwanden, wie die Steine vor ihnen. So wie er selbst in das Loch gestürzt war, ist es wohl auch dem Wilderer ergangen: Er stürzte in A Coruña hinein und kam hier an, konnte sich aber ohne fremde Hilfe nicht aus dem Loch befreien; dann fiel er wieder zurück und da er kopfüber hineingefallen war, hatte Obadja bei der Rückankunft seine Schuhe gesehen; endlich hatte Keira den Mann bei seiner nächsten Ankunft hinausgezogen. Allerdings hatte der Bösewicht äußerst unwirsch reagiert. Gestern Abend war er dann wieder kopfüber gefallen und jetzt tauchten natürlich seine Schuhe auf dieser Seite zuerst auf. Und da waren sie auch schon, begleitet von heftigem Gebrüll und den übelsten spanischen Schimpfwörtern, die kurzum wieder verhallten. Die Uhr zeigte 14 Minuten nach 11 oder 14 Minuten nach 23. Da es eindeutig Morgen war, entschied sich Obadja für 11:14 Uhr.

Keira schrie ebenfalls und warf eine Handvoll Kiefernnadeln hinterher, denn der Kerl hatte sie sehr schlecht behandelt und ihrer Freiheit beraubt. Wenn Obadja nicht gekommen wäre, wäre sie immer noch an den Baum gefesselt. Den Unhold wollte sie nie wiedersehen. Obadja eigentlich auch nicht. Den würde er hier nicht herausziehen. Allerdings käme er in A Coruña auch nicht ohne fremde Hilfe heraus und müsste für immer in diesem Erdloch pendeln. Man könnte ihn vielleicht erlösen, wenn man die Steine hinterher warf. Natürlich dürften sie nicht einfach hinterher fliegen, sie müssten ihn in der Mitte des Weges treffen, bis zu der Obadja selbst immer schneller und dann wieder langsamer geworden war. Je schneller der Dieb und die Steine aufeinander zurasten, desto klarer wäre die Sache erledigt.

Beim Rückfall ins Loch war es 11:14 Uhr. Dann müsste der Wilddieb in der Hälfte von einer Stunde und 24 Minuten, also in 42 Minuten um 11:56 Uhr in A Coruña sein und dann zurückfallen. Wenn man dann hier die Steine um 11:56 Uhr hinein würfe, müssten sich alle Flugobjekte auf halber Strecke treffen und dann, ja dann? Obadja wollte es versuchen und hielt sich an seine Berechnung. Der Zusammenstoß müsste nun in der Hälfte der einfachen Flugzeit erfolgen, in 21 Minuten, um 12:17 Uhr. Tatsächlich geschah um 12:17 Uhr nichts. Man sah nichts, man hörte nichts. Vielleicht war alles pulverisiert worden. Es kamen weder Schuhe um 12:38 Uhr noch Steine um 13:20 Uhr zum Vorschein. Dieses Kapitel war beendet.

Ein anderes Kapitel begann. Obadja blieb bei Keira in Neuseeland und sie machten zusammen Waldarbeit und Liebe und alles, was man sonst tun kann, um glücklich zu sein. Don González Márquez hatte einen Granjero forestal verloren, war aber auch einen üblen Wilderer los.

Was Obadja Torres alles nicht wusste:
A Coruña im Nordwesten Spaniens und Christchurch in Neuseeland sind Antipoden: Sie liegen fast genau gegenüber. Ende des 19. Jahrhunderts wusste das kaum ein galicischer Granjero.
Seit der Einführung der Weltzeit im Jahr 1972 ist die Zeit in Christchurch 10 Stunden vor A Coruña. Ob es zur Zeit des Obadja Torres 12 Stunden waren, ist unerheblich, denn seine Taschenuhr zeigte ohnehin stets die A Coruña-Zeit in 2-mal-12-Stunden-Zählung (a.m./p.m.).
Obadja hat in 42 Minuten 12.750 Kilometer zurückgelegt, das ist der Durchmesser der Erde. Er ist in einen Gravitationstunnel gefallen. Das ist ein physikalisches Gedankenexperiment, bei dem sich ein Gegenstand (ein Zug, ein Stein, ein Apfel) reibungsfrei und antriebslos in einem Tunnel von einem Punkt der Oberfläche zum Erdmittelpunkt bis zur gegenüberliegenden Seite bewegt. Bis zum tiefsten Punkt der Strecke beschleunigt die Gravitation den Gegenstand und bremst ihn dann wieder ab. Wie lange ist die Reisezeit? Wer Newtons Gravitationsgesetz und auch noch etwas Integralrechnung beherrscht, kommt relativ schnell auf das Ergebnis von 42 Minuten. Doch ein Physiker aus Kanada hat nachgerechnet und ist auf eine kürzere Flugzeit gekommen. Demzufolge würde ein Objekt statt 42 Minuten nur 38 Minuten fliegen.

Dann müsste diese Geschichte neu geschrieben werden. Wird sie aber nicht.

Das Ende der Welt

Plötzlich und unerwartet fiel Balthasar Bell ins Nichts. Nichts hatte darauf hingewiesen, dass an diesem Morgen irgendetwas Ungewöhnliches geschehen würde. Bis hierher, also bis zum Wegkreuz, keine zwei Minuten hinter der Dorfgrenze, hatte Balthasar seinen Morgenspaziergang angetreten wie jeden Morgen. Nur ein paar Schritte nach links, wo sich abseits des Weges ein rotes Blümchen der näheren Betrachtung, gegebenenfalls sogar der Sammlung anbot, wich er kurz vom Weg ab, stolperte über einen hohen Grasbüschel und fiel ins Nichts.

Man sagt, dass unser Leben im Moment des Sterbens noch einmal vor unseren Augen an uns vorbeizieht. Nicht so bei Balthasar Bell. Kein Bild von ihm als Kind am Nordseestrand, keine Erinnerung an seine Hochzeit mit Charlotte störte seine aktuelle Betrachtung. Er war zu sehr mit seinem Fall beschäftigt. Kurz fiel ihm ein, was er kürzlich gelesen hatte, nämlich dass in solchem Moment, wie er ihn gerade erlebte, bestimmte Gehirnwellen aktiv werden, die normalerweise während des Abrufens von Erinnerungen oder während des Träumens aktiv sind. Diese Wellen setzen unmittelbar vor und sogar noch bis 15 Sekunden nach dem letzten Herzschlag ein und verursachen eine paradoxe Klarheit bei erhöhtem Bewusstsein – Balthasar erinnerte sich sogar an das Wort ›Luzidität‹. Ausgerechnet jetzt, im freien Fall, dachte er darüber nach, ob Ärzte den Zeitpunkt der Todeserklärung nicht überdenken müssten. Wenn sie einen Organspender nach dem letzten Herzschlag sofort für tot erklärten, müssten sie dann nicht 15 Sekunden abwarten, um dem

Verstorbenen eine letzte Erinnerung an das Leben zu ermöglichen?

Balthasar schob den Gedankengang beiseite, denn er war nicht krank oder gar sterbend. Er fühlte seinen Puls und sein Herz schlug normal. Um ihn herum tauchten viel drängendere Fragen auf. Wo war er? Er sah nichts außer Weiß. Er hörte nichts, er spürte keinen Luftwiderstand. Vielleicht fiel er gar nicht, sondern lag am Boden? Denn wenn er so weit fiel, wie er glaubte, weil es nun eben schon so lange dauerte, dann drängte sich die Frage auf, in welche Richtung er fiel. Fiel er nach unten, wie es sich physikalisch gebot, dann würde er in die Erde fallen und es müsste eher dunkel sein. Fiel er entgegen dem Gesetz der Schwerkraft nach oben, dann müsste er wohl allmählich ein paar Sterne sehen.

Er hatte sich früher schon einmal vorgestellt, wie unglaublich es wäre, wenn er einen Stift mit der Kraft seiner Gedanken bewegen könnte. In der Realität war dies leider nicht möglich. Aber er wusste, dass er den Stift oder eine Person neben sich dennoch anziehen konnte. Es war nicht die Kraft seiner Gedanken, der er diese Anziehung zu verdanken hatte, sondern die Kraft seiner Masse. Das war das Newtonsche Gravitationsgesetz. Mehr wusste er dazu nicht und es war im Moment auch nicht wichtig. Wichtiger schien ihm jetzt die Frage, wohin ihn sein Weg führte, wenn nicht nach oben oder unten. Schwebte er etwa?

Der rote Klatschmohn war verschwunden und ebenso der Grasbüschel, über den er gestolpert war. Immerhin war es für Balthasar klar, dass er bis dorthin in aufrechtem Gang unterwegs und im Vollbesitz seiner geistigen Kräfte gewesen war. In diesem Vollbesitz dachte er jetzt gründlich über menschliche Sorgen nach, die heute seltsam klingen. Früher hatten Seefahrer Angst, dass sie abstürzten, wenn sie auf dem Meer zu weit hinausfahren, weil sie glaubten, die Erde sei eine Scheibe. Balthasar hatte sich vor Jahren intensiv mit dieser Geschichte beschäftigt, Literatur zusammengetragen und in »Mary Evans Picture Library« gestöbert. Mehrere alte Zeichnungen hatte er aus dem Internet schwarzweiß ausgedruckt auf billigen DIN A4 Blättern und rahmenlos mit Reißzwecken seitlich an seinem Bücherregal befestigt. Daher wusste Balthasar eine ganze Menge über die Erde als Scheibe. Thales von Milet war der erste, der sich wirklich Gedanken über die Form der Erde gemacht hat. Er hatte allerdings einen schlechten Start, da er die Erde als flache Scheibe auf einer großen Wasserfläche ansah. Pythagoras und Platon gaben der Erde eine Kugelform, die als rationaler angesehen wurde. Aristoteles erbrachte schließlich durch Beobachtung die ersten Beweise für die Kugelform der Erde. Einer der Beweise war die runde Form des Schattens der Erde auf dem Mond bei einer Mondfinsternis. Balthasar hatte sich einen Spaß daraus gemacht, angeblich wissenschaftliche Beweise anzuzweifeln. Er war zwar nicht direkt ein überzeugter »Flacherdler«, hatte aber gewisse Zweifel an der Sache mit der Mondfinsternis, denn es leuchtete ihm nicht ein, dass die Erde eine Kugel sein sollte, nur weil ihr Schatten auf dem Mond rund war. Er hatte sich selbst ein Experiment gebastelt, indem er einmal einen Ball und einmal einen Teller mit der Taschenlampe anleuchtete: In beiden Fällen war der Schatten an der Wand rund. In seiner augenblicklichen konkreten Situation neigte Balthasar sogar noch deutlicher als sonst zur Theorie der Scheibe und beschloss, sich nach seiner Rückkehr der Flat Earth Society anzuschließen und ihre Ansicht durch persönliche Erfahrung, sozusagen als Augenzeuge, zu untermauern. Aber dazu musste er zunächst einen Weg finden, um aus seiner momentanen Situation herauszukommen.

Einmal in dem Gedanken einer Erdscheibe verfangen, erinnerte sich Balthasar an die Geschichte von Melchior Dönni, die ihn schon damals sehr beschäftigt hatte. Dieser Melchior Dönni aus Luzern hatte im September 1902 dem Amt für Geistiges Eigentum in Bern sein Erdrelief geschickt, das Modell der Erde nicht als Globus, sondern als Scheibe. Das Amt hatte die Erfindung geprüft und sie am 24. September 1902 patentiert mit der Nummer 25409. Sie hatte die Vorgaben erfüllt: Sie war neu, originell und gewerblich anwendbar. Sein »Weltall-Erd-Relief Nr. 2« hatte Dönni sorgfältig aus Gips verfertigt und liebevoll bemalt. Der weiße Nordpol, den er mit einem neckischen Schweizer Fähnchen geschmückt hatte, bildete die Mitte der Welt, darum gruppierten sich braun gefärbt Europa, Asien und Nordamerika. Der Südpol markierte den äußersten Rand der Erde. Sein ringförmiges Eisgebirge verhinderte, dass die blau bemalten Ozeane abflossen. Zwischen Nord- und Südpol lag die heiße Zone mit Asien, Afrika und Südamerika.

Mary Evans Bildergalerie war tatsächlich ein Fundus gewesen, der Balthasar verzückt hatte. Die ausgedruckten Bilder an seinem Holzregal hatten sich bald um die Reißzwecken herum gewellt, er hatte sie mit noch mehr Reißzwecken einigermaßen geglättet, soweit wenigstens, dass er von seinem Schreibtischstuhl aus schräg darauf blicken konnte und oft genug ins Träumen geraten war. Was war das für eine Welt! Die Zeichnung eines unbekannten Künstlers in Allers Familj-Journal von 1922 zeigte eine flache Erde mit eigenartigen Rädern am Scheibenrand, damit die Schiffe ihre Kreise drehen konnten, ohne (hoffentlich) in den Weltraum zu fallen. Es sah so aus, als führen die Schiffe, einmal über ein Schaufelrad gedreht, auf der Unterseite der Scheibe weiter. Keine schlechte Idee, befand Balthasar jetzt und schaute sich um, nach oben vielleicht. Es gab aber in seiner Realität kein oben oder unten, er hätte nicht einmal sagen können, ob er stand oder lag, aufrecht fiel oder waagerecht schwebte.

Da war es dem Wanderer am Weltenrand auf Flammarions Holzstich besser ergangen. Balthasar hatte das Bild an seinem Holzregal genau vor Augen. Im Begleittext erzählte ein Missionar des Mittelalters, dass er auf einer seiner Reisen auf der Suche nach dem irdischen Paradies den Horizont erreicht hatte, wo der Himmel und die Erde sich berührten, und dass er einen gewissen Punkt gefunden hatte, wo sie nicht verschweißt waren, wo er hindurch konnte, indem er die Schultern unter das Himmelsgewölbe beugte. Dieser Wanderer steckte am Rand seiner Welt mit den Schultern in der Himmelssphäre und erblickte das dahinter Befindliche, nämlich mehrere kreisähnliche, voneinander abgesetzte und aufeinanderfolgende Streifen oder Schichten, die flammenförmig und wolkenförmig ausgestaltet waren und in oder auf denen zwei Scheiben und ein Paar ineinandergefügter Räder zu liegen schienen. So unlogisch das Sammelsurium jenseits des Weltrands war, Scheiben, Räder, Wolken außerhalb der Erdsphäre, nachdem der Mensch sogar seine Sternensphäre bereits überschritten hatte, so tröstlich war das Bild doch hinsichtlich des Etwas, des Irgendetwas, das für den Durchschreitenden dinglich erkennbar war, etwas, woran sich zumindest sein Geist festhalten konnte.

Balthasar hingegen, in seinem zur Tatenlosigkeit verdammten Zustand, fand nichts dinglich Erkennbares um sich herum, nichts, woran er sich festhalten, hochziehen, aufrichten oder seine Lage nur irgendwie verändern konnte. Indessen kam ihm neben der Orientierung auch das Zeitgefühl abhanden. Kurz nach halb zehn war er von zuhause losgegangen, bis zum Wegkreuz dürfte er nicht mehr als zehn Minuten gebraucht haben. Also war es jetzt, ungefähr, geschätzt, ach er hatte ja seine Armbanduhr. Sie zeigte 9:43 Uhr. Etwas mehr Luzidität hätte er jetzt gebrauchen können. Was auch immer mit ihm geschah, es hatte damit begonnen, dass er plötzlich und unerwartet von der Erde oder der Erdscheibe in ein Nichts gefallen war, vielleicht nach unten, vielleicht nach oben, vielleicht auf der Stelle oder horizontal schwebend. Es tat nicht weh, aber allmählich, auch wenn nach der Uhr praktisch keine Zeit vergangen war - wobei er nicht ausschließen konnte, dass sie stehengeblieben war - hätte diese Situation seiner Meinung nach gern zu einem Ende kommen können. Er wollte nach Hause, irgendwie.

Balthasar ruderte mit den Armen. Es ging problemlos. Balthasar strampelte mit den Beinen. Es ging problemlos. Balthasar beugte sich vor und zurück, drehte den Kopf hin und her. Es ging problemlos. Sein Problem war, dass er sich bewegte, aber um ihn herum sich nichts ergab, wohin er sich bewegen konnte. Wie ein Fallschirmspringer im freien Fall, nur ohne Luftwiderstand, wie ein Astronaut im All, nur ohne Blick auf Sterne, wie ein Bergsteiger im Nebel, nur ohne Boden unter den Füßen, wie wer weiß was im Nirwana, ja so fühlte sich Balthasar

Bell: In einem Zustand unpersönlicher Wirklichkeit. Allerdings erlosch seine individuelle Existenz nicht und er fühlte sich nicht von einer Wiedergeburt befreit. So half ihm auch dieser Glaube nicht.

Balthasar überkam eine große Traurigkeit. Wenngleich er in einem Alter war, in dem man sich die ersten, zögerlichen Gedanken an den Tod machen konnte, wenngleich er vieles erlebt hatte, sowohl Schlechtes, was er gerne hinter sich lassen wollte, als auch Gutes, von dem die Zukunft möglicherweise noch einiges mehr bereithielt, so wollte er an sein Ende nicht wirklich denken. Ungewiss, wie, wohin und wie lange er schweben oder fallen mochte, es müsste dieser unhaltbare Zustand ein Ende nehmen, nicht er, Balthasar. Wenn er schlief, so konnte es zwar zuweilen passieren, dass er später aufwachte als gewöhnlich. Aber er musste nie geweckt werden, immer wurde er irgendwann wieder wach. Auch ein paar lange und langweilige Zugfahrten waren schließlich zu Ende gegangen, wie jeder Moment in seinem Leben zum nächsten übergegangen war und ein neuer Moment seinen Platz eingenommen hatte. Stets veränderte sich etwas in seinem Leben, nur in diesem denkwürdigen, anhaltenden Moment veränderte sich gar nichts.

Noch einmal vergewisserte Balthasar sich, dass er noch lebte. Er sah nur weißen Nebel, aber immerhin sah er auch seine Hände und Füße, also konnte er sehen. Er hörte nichts um sich herum, aber wenn er in die Hände klatschte, hörte er das Klatschen. Auch seine Stimme probierte er aus, trompetete einige laute Töne und sprach dann laut »Ich spreche, also bin ich« und er hörte seine Stimme klar und deutlich. Zum Riechen war das Weiße wenig angetan, aber er hatte ja seinen Körper dabei; er hob den rechten Arm, steckte die Nase darunter und es roch nach, nun ja, nach Balthasar halt. Soweit waren seine Sinne in Ordnung, sogar der Geschmackssinn funktionierte, wie er feststellte, als er den Zeigefinger in den Mund steckte. Es war nicht viel, aber es schmeckte leicht salzig. Ganz unbeabsichtigt und gewohnheitsmäßig sah er noch einmal auf seine Armbanduhr. Sie zeigte 9:43 Uhr. Also war sie wohl doch stehengeblieben, denn was Balthasar Bell inzwischen alles gedacht und unternommen hatte, musste weitaus mehr als Sekunden gedauert haben. Es war völlig klar: Er lebte.

Welchen Trost konnte Balthasar darin finden, dass er noch lebte, wenn er für den Rest seines Lebens im ereignislosen Nirwana schwebte? Wenn das der Himmel war, dann wollte er wieder zurück auf die Erde. Und wieder versuchte er sich an einen Gedanken zu klammern, der ihn schon vorhin beschäftigt hatte, nämlich, dass die Erde eine Scheibe und er irgendwo hinuntergefallen war. Zurzeit erschien ihm die Scheibe ein wenig vorteilhafter, denn von der Erdkugel konnte man nicht nach unten fallen, nicht auf ihre Mitte zu schweben; die Kugel hatte kein Ende. Vom Ende einer Scheibe konnte man sehr wohl hinunterfallen, ins Leere oder ins Wasser, und dann, ja was dann? Konnte man sie von unten sehen wie die Schiffe auf dem Bild? Oder blieb man im endlosen Ozean rettungslos stecken? Etwas stimmte auch in dieser Betrachtung nicht, denn er lag nicht in Wasser, er hatte Luft zum Atmen, und zwar genauso gute Luft, wie auf dem Feldweg, ganz offensichtlich mit normalem Druck und Sauerstoffgehalt.

Aber was bedeutete die Gewissheit, dass er Luft zum Atmen hatte, dass er alle Sinne beisammen hatte, dass er lebte? Was bedeutete das nun für Balthasars Situation und Verbleib? Die einzige Erkenntnis blieb: Nicht er, Balthasar Bell, hatte aufgehört zu existieren, sondern die Welt um ihn herum.

Balthasars große Traurigkeit wuchs mit diesem Gedanken von einem Moment zum anderen zu einer tiefen Depression, für die andere viele Jahre gebraucht hätten. Ohne weiteren Antrieb überließ er sich seinem Schicksal, stellte das Denken ein, starrte dumpf vor sich hin, bewegungslos bis auf die autonome Atmung, ergeben, verloren, begraben im Nichts, im weißen Nichts, auf dem sich allmählich etwas abbildete, das nicht so weiß war wie das weiße Weiß, eher ein wenig grau, eine winzige graubraune Linie, die sich leicht verästelte wie ein zartes Würzelchen, das irgendwo einen Halt sucht, wachsend wie eine Pflanzenwurzel, die sich hinabsenkt in den Boden, um Wasser und Nährstoffe aufzunehmen, aus demselben Boden, der einer Pflanze den Halt gibt und die Kraft, sich entgegengesetzt zum Himmel aufzurichten und sich vollends zu entfalten zu einer Klatschmohnpflanze, nur ein paar Schritte abseits des Weges, den Balthasar Bell gegangen war.

Balthasar kehrte um 9:54 Uhr nach Hause zurück. Seine Hose zeigte einen grünlich-braunen feuchten Fleck am rechten Knie. Er war unversehrt. Nichts Besonderes war geschehen, nur eine Kleinigkeit: Er war beim Betrachten eines roten Blümchens über einen Grasbüschel gestolpert. Zum Beweis überreichte er Charlotte eine rote Klatschmohnblüte vom Ende der Welt.

Warten auf Hänsel

Ich habe fast ein Jahr gebraucht, um das Lebkuchenhaus zu errichten und die ersten Fänge zeigten Erfolg. Auch wenn die Tiere des Waldes nicht vordringlich an Lebkuchen interessiert sind, so tappen sie doch in die Falle im Inneren des Hauses. Von außen ist die gesamte Fassade aus Lebkuchen und Zuckerguss, innen aber ist nichts; nach ein paar Schritten steht man vor einer natürlichen Steinwand, gegen die das leicht schiefe Haus gelehnt ist. Ein richtiger Felsen ist diese Wand nicht, sondern ein großer Gesteinsblock, ein Monolith, von denen es in diesem Wald viele gibt, jedoch keinen, der an einer Seite glatt ist, sei es durch Behauung, sei es durch natürliche Spaltung. Der Eingang ist offen, ein Türblatt gibt es nicht, jeder und jedes kann ungehindert hineinspazieren und nach seinem und hernach auch meinem Wohlgefallen verfahren. Das Innere des Hauses ist grobes Bretterwerk, auch der Boden, in dessen Mitte eine Falltür angebracht ist. Auf ihr liegt ein verschlissener Teppich, der sie gerade gut bedeckt und auf dem ein grob geflochtener Korb steht, in den ich als Köder zumindest etwas Brot lege. Zugegeben ist der Fallenmechanismus ein recht einfacher, aber er funktioniert mit Hasen, Eichhörnchen und Füchsen ganz passabel. Ihr Fell und einen Teil des Fleisches kann ich zum Tauschen verwenden, doch sind sie nicht das Hauptziel meiner Bautätigkeiten. Mein höchstes Ziel ist, den Hänsel zu fangen.

Die Tiere, die auf die Falltür tappen, verletzen sich nicht, denn der Fall ist nicht sehr tief, immerhin gerade so tief, dass sie nicht wieder nach oben springen können, und sie fallen weich auf ein ordentliches Polster aus Moos und Laub. Sie haben auch keinen Gedanken an ein Entkommen nach oben, denn unten sehen sie bei Tag oder Mondschein einen Lichtstrahl, der sie durch einen Tunnel schräg aufwärts in den Stall nebenan führt. Der Stall steht einige Schritte vom Lebkuchenhaus entfernt und ist sehr viel stabiler gebaut, gemauert auf drei Seiten, oben mit schweren Holzplatten verschlossen und vorn mit einem starken Eisengitter versehen, dessen Stäbe tief im Boden und in den Holzplatten verankert sind und das eine mit Schloss und Riegel sperrbare Tür hat. Es hat mich die meiste Zeit und viele Felle gekostet, die dazu nötigen Materialien zu besorgen und in der richtigen Weise zu verarbeiten. Dieser Stall ist die eigentliche Falle, denn sobald ein Tier aus der Fallgrube durch den Tunnel hoch in den Stall gelangt ist, schiebe ich eine Eisenplatte mit ausgeklügelter Vorrichtung über das Loch, sodass die Beute nach keiner Seite entkommen kann. Ich bin nicht wirklich sicher, ob diese Technik auch mit einem Hänsel funktionieren wird, denn solche sind wohl größer als ein Hase, ein Dachs oder ein Fuchs und möglicherweise könnte ein Hänsel im Stehen und mit Sprüngen durch die Falltür wieder heraus gelangen. Es muss versucht werden, anders werde ich es nicht erfahren. Möglicherweise müsste die Fallgrube doch tiefer angelegt werden und von dort der Tunnel zum Stall noch steiler ansteigen. Ich will mich keineswegs rühmen, diesen Fallenmechanismus entwickelt zu haben, es waren einige vergebliche Versuche vorangegangen, bis ich mit dem richtigen Werkzeug und der richtigen Technik zurechtkam. Auf den Trick mit dem Lebkuchen als Lockstoff kam ich erst durch die Gebrüder Grimm, dazu später mehr, denn ohne einen Lockstoff müsste es schon sehr mit dem Zufall zugehen, dass ein Hänsel ausgerechnet hier mitten im Wald vorbeikommt, während ein hungriges Tier, gleich ob unter Be- oder Missachtung des Lebkuchens und Zuckergusses, immerhin neugierig den Brotkorb untersucht, in den ich zum speziellen Wildfang auch einige getrocknete Beeren oder eine tote Maus lege, wobei ich Letztere nach erfolgreichem Fang wieder entferne, da Kadaverreste einem Hänsel nicht attraktiv erscheinen werden. Immerhin und schließlich zeigten die ersten Tierfänge wie gesagt Erfolg und einstweilen schien es mir ausreichend, dieses Erdloch in der bislang funktionierenden Tiefe zu belassen.

Das Lebkuchenhaus und der Stall sind meine Arbeitsstätte; anderes habe ich hier nicht zu tun, als auf Beute zu lauern und den Zuckerguss frisch zu halten, um Hänsel herbeizulocken, wie eine Stinkmorchel mit zuckerhaltigem Schleim Fliegen anlockt. Wohl dreißig Schritte entfernt liegt, ebenfalls an einen Gesteinsblock gelehnt und im Unterwuchs des Buchenwaldes, meine eigentliche Hütte, in der ich wohne, die meinen Bedürfnissen entsprechend gebaut und eingerichtet ist. Anders als das Lebkuchenhaus ist sie gut verborgen und getarnt, denn während die Arbeitsstätte mit der Falle sehr wohl gesehen werden soll, darf hier keiner hinkommen, der mir am Ende noch bedrohlich werden könnte. Hier habe ich viel mehr zu tun als am Lebkuchenhaus, denn ich muss für Essen und Trinken sorgen und jetzt, da die Nächte bereits kühler werden, auch ständig Holz für den Steinofen sammeln, der hinten an den Gesteinsblock gebaut ist und ein Abzugsrohr nach oben hat. Ebenso muss ich regelmäßig das Moos auf dem schmalen Pfad zum Lebkuchenhaus erneuern, damit meine Schritte nicht gehört werden, und den Pfad wie die anderen Pfade im üppigen Unterholz, die ich nach verschiedenen Stellen und Richtungen hin angelegt habe, pflegen und zurechtschneiden, damit kein Weg zuwächst und möglicherweise eine Flucht erschwert. Einer dieser Pfade ist besonders lang und er ist neben dem Pfad zum Bach der wichtigste, nämlich weil er bis zum Rand des Waldes führt, von dem aus ich das nächste Dorf erreiche, um Felle und Wildfleisch gegen Vorräte einzutauschen. Dann, etwa einmal im Monat, öffne ich meine Holztruhe und kleide mich wie ein Mensch.

Mein Leben im Wald ist nicht so ruhig, wie man annehmen möchte, hier im feuchten Buschwerk unter den hohen Buchen bin ich nicht völlig allein und in meinen Träumen schnuppert draußen manchmal eine Wildschweinschnauze herum, krächzt ein Häher oben im Baum oder raschelt eine Maus im Laub. In solcher Einsamkeit braucht es gewisse Schutzmechanismen und die Vorsicht verlangt, dass ich Fluchtmöglichkeiten über viele getarnte und gepflegte Pfade habe, wie eine Ratte ihren Erdbau mit mehreren Gängen versieht, denn falls mir jemand böswillig nachstellen sollte, wäre ich kein großer Kämpfer, um mich zu wehren. Andererseits bin ich mir des Risikos bewusst, dass ausgerechnet die Pfade dazu einladen, ihnen zu folgen und am Ende könnte ein böser Mensch auf meinen Unterschlupf stoßen und wer weiß was anrichten. Es ist nicht von der Hand zu weisen, dass sich Wilderer und gar Räuber gelegentlich in diesem großen Wald aufhalten, ihre Spuren habe ich oft genug bemerkt. Mit Wilderern könnte ich wohl umgehen, es gibt genug Wild und ich selbst bin kein solches. Räuber sind bei mir noch nicht aufgetaucht, ich bin nicht Gegenstand ihrer Interessen, bei mir ist nichts zu holen. Aber ein Hänsel, der meine Absichten erkannt hat und wenn er gar bewaffnet sein sollte, wäre ein gefährlicher Gegner, den ich in keiner Hinsicht einzuschätzen weiß. Jedenfalls aber muss ich die Zuversicht haben, dass mein Versteck hinreichend getarnt ist und meine Pfade offen bleiben, zu meinem Schutz oder Verderb. Letztlich überwiegt die Aussicht auf einen gebratenen Hänsel meine Furcht vor einem gefährlichen Feind.

Und es ist nicht nur ein äußerer Feind, der mich bedrohen könnte. Es gibt auch solche im Inneren, einmal im Inneren der Erde, die sich von unten an mich herangraben, mögen es Maulwürfe oder schlimmere Wesen sein. Ich habe Geschichten über Erdmonster gehört und ich glaube fest an sie. Und dann sind da die Feinde in meinem Inneren, die mich mit Zweifeln überfahren, ob es eigentlich aller Mühen und Gefahren wert ist, sich hier einsam im Wald zu verkriechen und auf einen Hänsel zu warten. Sie sind neu für mich, früher waren sie nicht in meinem Kopf, da ich von Grimms Feststellungen noch nichts gewusst hatte, jetzt wachsen diese Gedanken mit der zunehmend angespannten Erwartung der Ankunft eines Hänsels.

Ein wichtiges Element in meinem Leben ist die Stille. Sie ist mir wichtig geworden, denn meine Ohren müssen Laute der Gefahr unverzüglich erfassen können. Es gibt hier verschiedene Stillen. In der Wohnhütte ist das Knistern des Feuers im Steinofen ein Hintergrundgeräusch geworden, das mich allerdings trotz aller Gewohnheit bei einem plötzlichen Knacken auffahren lässt. Am Lebkuchenhaus bilden allerlei Insekten den Grundton, der um Honig und Zucker schwirrt, und doch auch hier durch den Schrei eines Vogels jäh durchbrochen werden mag, dass ich unvermeidlich zusammenzucke. Von Zeit zu Zeit schrecke ich auf aus tiefem Schlaf und lausche, lausche in die Stille, die hier unverändert herrscht, und beschäftige mich allzu lange mit der Frage nach dem Grund meines Aufschreckens, welche mich dann am weiteren Schlaf hindert bis der Morgen graut und einmal dann ein entferntes Blöken tatsächlich herüberwehte und mir im Stall ein Reh bescherte. Der neue Klang des Rehes verankerte sich in meinem Gehirn wie alle anderen Geräusche, die ich kannte. Ansonsten war überwiegend Stille.

Wie klingt eigentlich ein Hänsel? Es ist ja nicht von der Hand zu weisen, dass mir die Aufzeichnungen der Gebrüder Grimm in die Hände gerieten und mich überhaupt erst die Existenz von Hänseln gewahr werden ließen. »Der Wind, der Wind, das himmlische Kind« sind wohlfeile geschriebene Worte, die mir allerdings keinen Eindruck von Stimmlage und Intonation vermitteln, von Angst oder Mut, von Alter und Stärke. Ist ein Hänsel immer ein Kind oder gibt es auch ausgewachsene Hänsel, die mir gefährlich werden könnten? Wird ein Hänsel, der sich in meinen Wald verirrt, unbewaffnet sein? Wird er allein kommen oder zusammen mit einem Gretel, das ihn womöglich aus dem Loch unter der Falltür befreit? Was, wenn eine ganze Hänselgruppe sich über mein Lebkuchenhaus hermacht, mein größtes Werk vernichtet und am Ende gar auch mich? Es sind die gleichen Ängste wie die um die Fluchtwege kreisenden Befürchtungen, die mir immer weniger Ruhe lassen, je länger ich auf einen Hänsel warte. Aber ich muss warten. Ein Hänsel wird kommen und ich werde ihn braten.

Der Winter ist da und er ist kalt. Abermals ist es stiller geworden und die Stille vervielfacht die Schrecknis eines plötzlichen Geräuschs, je leiser desto schrecklicher. Am schlimmsten ist es in der Nacht, wenn überhaupt nichts irgendein Geräusch verursacht, wenn alles schläft, was tags hier kreucht und fleucht, wenn der zunehmende Halbmond so stumm ist wie die Gesteinsbrocken und wenn sich dann die Sinne nach innen richten, wie um dort Hilfe zu suchen, das Begehren nach akustischem Empfinden zu stopfen mit eigenen Geräuschen des Herzens, der Lunge und des Darms. Dann kommen die Gedanken, ob ich auch alles wirklich richtig angelegt habe, ob die Falltür mit ihrem Mechanismus einem Hänsel standhalten wird, ob die Fallgrube besser heute als morgen vertieft werden müsste, ob die Sperrplatte im Stall nicht verklemmen kann, ob ich den Schlüssel zum Eisenschloss sicher genug aufbewahre, ob die Holzplatten auf dem Stall schwer genug sind, um nicht angehoben zu werden. Mitten in der Nacht springe ich auf und beginne ein Gerenne ohne Rücksicht auf Schläfrigkeit, prüfe alle Mechanismen, schleppe, schiebe, feile, stöhne, stolpere und irgendeine beliebige Veränderung des gegenwärtigen, mir so unvollkommen scheinenden Werkes will mir schon genügen, bis mich die eintretende Entkräftung allmählich zwingt, den Frieden meiner Hütte aufzusuchen, den ich selbst gestört habe, zu meinem Schlafplatz zurückzukehren und in neugewonnener Müdigkeit sofort einzuschlafen.

Nach dieser Nacht habe ich das Nötige in Ruhe und mit frischer Überlegung revidiert, den Schacht unter der Falltür tatsächlich tiefer gelegt, die Eisenplatte im Stall mit Führungsschienen gängiger gemacht, die schweren Holzplatten auf dem Stall mit noch schwereren Steinen beschwert, im Übrigen auch den Stall ein wenig unsichtbarer gemacht, indem ich Holz davor stapelte, denn es sollte einer, der schlauer ist als Wild, nicht auf den Gedanken kommen, zuerst den Stall und erst nachher das Lebkuchenhaus zu inspizieren. Ansonsten scheinen mir die

Fangvorrichtungen jetzt besser gelungen und ich widme mich dem Brotkorb über der Falltür, dessen schimmeliger Inhalt kaum als Anreiz dienen kann, auf den Teppich mit der Falltür zu treten. Noch immer bin ich überzeugt, dass sich ein Hänsel ausschließlich von Süßigkeiten ernährt und mache mich mit großer Sorgfalt an das Rühren von Honig und Zucker und das Auftragen frischen Lockmittels mit einem Wildschweinbürzel. Schwierig wird es mit dem Lebkuchen, der auf der Regenseite zunehmend abbröselt und für dessen Herstellung mir einige Gewürze fehlen; zuletzt war im Dorf davon nichts zu haben und so müssen Mehl, Eier und Nüsse genügen. Es ist unvermeidlich, dass sofort wieder Zweifel an der Wirksamkeit eines solchen unvollkommenen Köders auftauchen. Ich steigere mich geradezu in den Gedanken, ohne einen perfekten Köder niemals einen Hänsel fangen zu können und so kommt das ganze Gedankengebilde wieder ins Schwanken, führt zu Überlegungen, wie man den Hänsel anderweitig zum Betreten der Falltür bringen, vielleicht gar zwingen könnte, vielleicht gar mit Gewalt, was aber völlig widersinnig erscheint, denn wenn man einen Hänsel überwältigen könnte, dann brauchte man ihn erst gar nicht in eine Falle zu locken und überhaupt – darüber hatte ich noch gar nicht nachgedacht: Wie sollte ein gefangener Hänsel aus dem Stall zum Steinofen transportiert werden?

Die Tage gehen dahin, inzwischen ist Vollmond. Mich überkommt ein Gefühl, wie ich es seit jungen Jahren gelegentlich hatte, wenn ich mir des Vollmondes zufällig bewusst wurde und übrigens sonst nicht: Mir ist, als werde ich zum Werwolf. Sind die Haare oberhalb des Handgelenks nicht deutlich länger geworden? Ist die Fleischeslust nur eingebildet? Ich sehe mitten in der Nacht im Stall nach und tatsächlich hoppelt ein Hase darin herum. Ich nehme ihn und brate ihn und wie er mir in der winterlichen Not auch ohne Salz schmeckt, möchte ich mehr davon haben, finde nichts weiter und renne durch den nächtlichen Wald, suche Hasen oder Eichhörnchen im Dunkeln, suche Wasser im gefrorenen Bach, suche Beeren im Winterwald, laufe weiter abseits meiner gepflegten Pfade, werde mich nicht verirren, werde rasten, schlafe ein auf hartem Boden, wache auf und sehe plötzlich ein Wildschwein, es flüchtet, aber ich habe keine Waffe und keine Kraft, hinterherzulaufen, ich fühle mich fiebrig, krank und schwach, schleppe mich zu meiner Hütte und schlafe bis zum nächsten Mittag. Das Fieber ist nicht gesunken, der Durst nicht vergangen, der Hunger zurück. Ich bleibe liegen und friere, denn auch das Feuer ist ausgegangen. Ich bin kein Werwolf geworden, das ist gut, das ist ein Trost. Wohl hätte ich als Werwolf gute Chancen, einen Hänsel mit der bloßen Hand zu fangen und roh zu verspeisen, aber wenn der Vollmond vorüber ist, hat das Spiel ein Ende. Nun habe ich zuletzt im Fieber vergessen, die Falltür wieder herzurichten, nachdem der Hase vor wer weiß wie langer Zeit hineingefallen ist. Ich schleppe mich hinüber zum Lebkuchenhaus, jemand hat daran geknabbert, zum ersten Mal, seit ich es errichtet habe, es fehlt ein Stück rechts vom Eingang, ausgerechnet jetzt, wo die Falltür nicht hergerichtet ist. Im Augenblick hätte ich weniger Kraft als je zuvor, um einen Hänsel zu überwältigen. Ich breche mir selbst ein Stück vom Lebkuchenhaus ab, das Letzte, was ich mit letzter Kraft noch erreichen kann, setze mich in die hintere Ecke und knabbere daran. Ist er noch in der Nähe? Ich locke ihn mit Worten: »Knusper, knusper, Knäuschen, wer knuspert an meinem Häuschen?«, krächze ich wie eine alte Hexe. Es kommt keine Antwort.

Ich selbst habe an meinem Häuschen geknuspert. Ich nehme mehr davon, sammle ein, was ich tragen kann, schleppe mich zu meiner Wohnstatt zurück und schlafe mich aus.

Ich muss noch einmal sehr lange geschlafen haben, denn es ist wieder Mittag. Es gibt draußen doch noch etwas Holz für den Ofen und damit beginnt meine allmähliche Genesung, in deren Verlauf ich es bis zum Abend zustande bringe, Eis zu tauen, Lebkuchen zu essen, die Falltür herzurichten und einigermaßen wieder zu Kräften zu kommen. Mit den Kräften kehrt die geistige Klarheit zurück, eine fatale Klarheit über die Unsinnigkeit meines Tuns und Daseins in diesem Wald mit meinen auf feige Fallenjagd angelegten unvollkommenen Vorrichtungen, die mich wie aus Besessenheit davon abhalten, ein sinnvolleres Leben zu führen, zumindest eines, wie ich es früher geführt habe als, ja ich gebe es zu, als Wilderer, und nichts anderes gebaut hatte als meine an das Felsstück angelehnte Hütte im Unterholz, bis ich jenes Heftlein mit Grimms Aufzeichnungen im Dorf erstanden habe und darin auch die Illustration eines Hänsels als kleiner Junge fand. Warum ich seither auf das Braten eines Kindes erpicht bin, kann ich nicht erklären, möglicherweise war die Vorstellung mir so ungeheuer neu, dass sich der Gedanke an irgendeinen Vorteil einschlich, etwas anderes, interessanteres, zu jagen, vielleicht zu verwerten und zu verkaufen, als Wild, ein besonderer Wilderer zu sein, der nicht Alltägliches feilbietet und wer weiß, am Ende auch selbst etwas Besonderes zu werden, wenn es sich denn verheimlichen ließe, dass es sich um ein verlorenes Kind handelt. Von da an gab es kein Zurück, alles Sinnen und Trachten war auf Hänsel ausgerichtet, von denen nicht bekannt war, ob es nur den einen oder genügend viele weitere ihrer Sorte gab, von denen aber nach Grimms Forschungen wohl bekannt war, dass sie Lebkuchen mochten und einem Hexenwesen, das meinem nicht entsprach, lecker erschienen. Was sonst sollte aus mir werden, wenn ich mich fürderhin und zeitlebens als gemeiner Wilddieb verdingen würde bis ich tot umfalle, ohne im Leben etwas wirklich Großes geleistet zu haben? Ich empfinde auch heute mein Tun und Streben nicht als Wahn oder Manie, sondern als Weg zu einem Ziel, zu meiner persönlichen Entwicklung, zur meiner Anhebung auf eine höhere Ebene, wie es religiöse Eiferer überall auf der Welt anstreben, wie ein Guru auf der Suche nach Wissen und dem Weg zur Erlösung. Mein Wissen ist längst nicht vollkommen, schon gar nicht das Wissen um einen Hänsel. Ein Anfang ist gemacht, etwas hat an meinem Häuschen geknabbert. Und Hasen mögen keinen Lebkuchen.

Ich kenne alle Tiere des Waldes und kann sie einschätzen: Vor Hasen, Vögeln und Rehen brauche ich nichts zu befürchten, bei Dachsen und Füchsen muss ich vorsichtiger sein, dem Wildschwein gehe ich aus dem Weg. Nach wie vor fehlt mir dagegen eine rechte Vorstellung von einem Hänsel. Vor einem verängstigten Kind müsste ich mich nicht fürchten, vor einem großen Knaben, der möglicherweise ein Messer mit sich führt, hingegen wohl. Ich habe ihn nicht gesehen, wie er an meinem Häuschen geknabbert hat. Nicht davor und nicht danach habe ich eine Spur gefunden, die seine Anwesenheit bestätigen könnte, noch habe ich etwas von ihm gehört. Wo ist er jetzt? Ist er weitergelaufen auf der Suche nach seinem Zuhause oder hält er sich noch in der Gegend auf? Kehrt er zurück, weil ihm der Lebkuchen geschmeckt hat? Oder weiß er von meiner Gegenwart, kehrt die Jagd um und lauert mir auf?

Die Bäume und das Unterholz sind jetzt entlaubt, der Buchenwald ist kahl, die Pfade liegen blank, Deckung ist mir kaum noch gegeben. Der Hänsel muss ja kein eigentlicher Feind sein, dem ich die Lust errege, mich zu jagen, er kann recht gut eine kleine Unschuld sein, welche aus Neugier meinen Spuren folgt, arglos zu verstehen sucht, warum es im Wald Lebkuchen gibt, der ihn möglicherweise vor dem Hungertod bewahrt, wer das Lebkuchenhaus wohl errichtet haben mag, das Loch im Boden gegraben hat, einen leeren Stall abschließt und wer einen Pfad angelegt hat, der zu einer weiteren Hütte führt. Vielleicht ist dieser Hänsel ein friedliches Geschöpf des Waldes, das irgendwo hausen will, ohne selbst zu bauen. Ist er schon draußen vor meiner Wohnstatt? Wenn er doch jetzt käme, wenn er doch mit seiner Wissensgier meine Hütte entdeckte, wenn er sich doch an der Tür zu schaffen machte, die ich von innen verriegelt habe, wenn es ihm doch gelänge, sich durch das Fenster zu zwängen und schon soweit darin steckte, dass ich durch die Tür schlüpfen und ihn von hinten anspringen, packen, würgen, stechen, verschnüren und braten könnte. Ich würde meine sämtlichen Fallenmechanismen hintanstellen, meine genialen Erfindungen außer Acht lassen, wenn es mir jetzt so einfach gelänge, und noch dazu wäre die Transportfrage gelöst, denn der Ofen steht ja direkt hier in der Hütte. Aber es kommt niemand und ich bleibe neben den Steinofen gekauert in meiner Hütte allein. Vorräte sind im Augenblick genug, ich könnte mich hier eine Weile verschanzen, ohne hinauszugehen, es sei denn, die Notdurft zwingt mich, die Hütte kurz zu verlassen, ansonsten ist nichts weiter zu tun als abzuwarten und zu lauschen, bis ich schläfrig werde und eher aus Langeweile einschlafe, schon gerade, weil es früh zu dunkeln beginnt.

Erst aus dem letzten sich von selbst auflösenden Schlaf werde ich geweckt. Der Schlaf muss nun schon sehr leicht sein, denn ein kaum hörbares Zirpen weckt mich, obwohl es noch dunkel ist. Ich kenne das Geräusch, ein Heimchen, wie ich es schon oft in meiner Wohnhütte entdeckt und entfernt habe. Die Tierchen sind im Winter gern im Warmen, tagsüber versteckt sich das lichtscheue Volk, nachts wird es aktiv und hält sich beim Ofen auf, wo ich es mehr oder weniger leicht beim Licht der Laterne erwischen und wegpflücken kann. Diesmal ist es weniger leicht, wie ich die Laterne auch halte und schwenke, Tücher und Töpfe wegräume, es ist nicht zu entdecken. Wenn ich es genauer orte, so würde ich nun doch meinen, dass das Zirpen nicht von dieser Stelle im Innern kommt, wohl eher von draußen oder aus der Bretterwand. Auch ist es nicht wirklich der Gesang eines männlichen Heimchens, wie ich ihn kenne, lange kräftig und monoton, dann wieder unregelmäßiger in der Zahl und der Länge der Silben und der Intervalle dazwischen. Dieses Zirpen ist kein wirkliches Zirpen, dieses Geräusch ist leiser und regelmäßiger, kaum hörbar unterbrochen, geradezu ein Dauerton. Ich schleiche, genau horchend an den Wänden meiner Hütte entlang zur Tür, wo der hohe Ton unverändert bleibt, nicht leiser und nicht lauter wird, auch nicht anders klingt, wie ich ihm durch die unbedacht geöffnete Tür entlang der Außenwand nachspüre. Jetzt, an der Ecke der Hütte, die an den Felsbrocken und innen an den Ofen stößt, verwirrt er mich vollends, scheint von überall her zu kommen und keine erkennbare Quelle zu haben. Ich komme dem Ort des Geräusches nicht näher, immer unverändert hoch klingt es mit jetzt deutlicheren unregelmäßigen Pausen, wie Zischen oder Pfeifen, ich kann es schwer beschreiben. Hier draußen ist es neblig und es wird nur widerwillig hell, ich muss wieder hinein und rasch die Tür hinter mir verriegeln. Ich möchte das Zirpen, Zischen oder Pfeifen vorläufig auf sich beruhen lassen, es ist zwar sehr störend, aber es verstärkt sich nicht. Es ist ja möglich, dass es von selbst verschwindet; abgesehen davon bringt uns manchmal ein Zufall auf die Spur, während systematisches Suchen langwierig und vergebens sein mag. Wenn es kein Heimchen ist, dann kann es noch eine Menge anderen Getiers geben, das die tollsten Geräusche veranstaltet, wenn es in rasender Paarungslaune ist. Hingegen treibt es mich doch, ich kann nicht umhin, der Quelle des Geräuschs nachzugehen, denn solange hier keine Klarheit geschaffen ist, werde ich mich nicht sicher fühlen, selbst wenn es sich nur darum handeln würde, zu wissen, wohin ein Sandkorn rollen wird, das zwischen den Holzbrettern herabfällt. Ich hatte ja bereits früher festgestellt, dass ich nicht weiß, wie eigentlich ein Hänsel klingt.

Wenn ich sagte, dass es mir im Augenblick an Vorräten nicht mangelt, dann habe ich doch bemerkt, dass sich die letzte Kerze ihrem Ende zuneigt. Unmöglich kann ich in diesen langen Winternächten im Dunkeln bleiben; wenn man mich auch dann weniger gut sehen kann, so kann auch ich allenfalls im Schein des Ofenfeuers in meiner Hütte etwas sehen, draußen aber nichts. Ich werde ins Dorf gehen müssen, habe aber keine Felle zum Tausch anzubieten und in der Konsequenz bleibt nichts anderes übrig, als meine Falle zu inspizieren. Das bereifte Laub auf dem kahlen Pfad scheint unberührt. Wer immer in der Nacht ein Geräusch gemacht hat, hier ist er wohl nicht entlang gekommen. In gebückter Haltung schleichend erreiche ich das Lebkuchenhaus, betaste sorgsam die angeknabberte Stelle am Eingang, sie ist nicht merklich größer geworden, jedenfalls meiner unscharfen Erinnerung nach; ich hätte mir besser merken sollen, wie groß die Lücke nach meinem eigenen Zugriff geworden war. Mit mäßig wachsender Sicherheit beschaue ich mir die Fallgrube unter dem Teppichfetzen mit dem Brotkorb, in den ich zuletzt offensichtlich geschwächt und verwirrt ein Stück vom Lebkuchenhaus hineingelegt habe, finde die Bodenklappe geschlossen und entsprechend auch keinen Fang im Stall. In der Überlegung, wie ich gerade am ehesten an Wild komme, wandelt sich die leicht gewachsene Sicherheit zu einer jähen Panik, denn wie ich innehalte, höre ich das gleiche Geräusch wie in meiner Wohnhütte. Und gar ein solch identisches Geräusch, wie es in der Natur kaum vorkommen mag, wenn es nicht von ein und demselben Ding ausgeht. Wie sehr ich auch suche, ich finde im Lebkuchenhaus nichts oder vielmehr finde ich zuviel, denn wahrhaftig, das gleiche Zischen oder Pfeifen gibt es auch draußen und nebenan beim Stall. War ich vorhin unaufmerksam, abgelenkt, den Sinn voraus auf die Falle gerichtet, dass ich mir des Geräuschs nicht bewusst war? Jetzt höre ich es auch auf dem Weg zurück, es ist so leise, dass vielleicht niemand außer mir es hören würde, ich höre es freilich jetzt mit dem durch die Übung geschärften Ohr immer deutlicher: Es ist überall ganz genau das gleiche Geräusch, wie ich mich durch Vergleichen überzeugen kann. Gerade dieses Gleichbleiben an allen meinen Orten beunruhigt mich am meisten, denn es lässt sich mit meiner Annahme nicht in Übereinstimmung bringen, dass es ein Heimchen oder ein anderes Getier war, welches mir eine Weile folgen mochte, dann aber wieder verschwand. Vielleicht ist der Ton nur mit dem Ohr des Hausbesitzers hörbar, vielleicht kommt er aus mir heraus. Um das festzustellen, muss ich mich sehr viel weiter weg begeben, was mich zwingt meinen halbwegs geschützten Bereich zu verlassen und, so gut ich den Wald auch kenne, mich der Gefahr eines hinterhältigen Angriffs von einem bewaffneten ausgewachsenen zischelnden Hänsel auszusetzen, den ich doch selbst erlegen wollte.

Es beginnt zu regnen, leise erst als kaum hörbares Rauschen, dann fester, klackend, als dickere Tropfen auf Stein und Laub und Boden klatschen, hernach, als es ordentlich schüttet von der Vielzahl der Tropfen und ihrer Aufprallgeräusche verschwimmend in einen anhaltenden gleichmäßigen Grundton. So hat es mit dem Zischen auch angefangen, zuerst habe ich es gar nicht gehört, dann deutlich und überall. Nein, das ist etwas anderes, der Regen klingt anders, er ist ein Rauschen, nicht ein Zischen. Außerdem hat es vorher nicht geregnet, das Geräusch war da schon überall zu hören und immer in gleicher Stärke und überdies bei Tag und Nacht. Muss der Hänsel denn niemals schlafen? Hat er einen Plan, dessen Sinn ich nicht durchschaue? Lockt ihn der Lebkuchen nicht hinreichend, dass er sich allein mit diesem beschäftigen könnte? Wäre er auf Wanderschaft, dann wäre vielleicht eine Verständigung mit ihm möglich, indem ich ihm einiges von meinen Vorräten gäbe und er würde wohl weiterziehen. Oder wird er in dem Augenblick, wenn wir einander gegenüberstehen, gleich besinnungslos mit einem neuen anderen Hunger auf mich losgehen? Und wenn er denn auf Wanderschaft wäre, würde er angesichts des Lebkuchenhauses und meiner Hütte seine Reise- und Zukunftspläne nicht ändern? Dann wäre es leicht vorstellbar, dass er ohne jede Verständigung mein ganzes Werk und alle meine Gebäude für sich erobern möchte. Ich bin so weit, dass ich Gewissheit gar nicht haben will.

Ich gehe die gefrorenen Pfade ab, zuerst zum Bach, und beginne dort zu horchen. Das gleiche Geräusch auch hier. Er folgt mir also, er verfolgt mich, wohin ich auch gehe, er ist hinter mir, unsichtbar, aber hörbar. Was nutzt es mir, ihn zu hören? Nicht irgendwelche niederen Tiere wären in der Lage, mich auf solch infame und subtile Weise zu umlagern. Vielleicht, auch dieser Gedanke schleicht sich mir ein, ist dieser Hänsel selbst ein Tier, mit unmenschlichen Instinkten und Tarnungsmöglichkeiten. Abseits der Tarnung mag es ebenso sein, dass es mehrere Hänsel sind, die mir nachstellen, bei den allgegenwärtigen Geräuschen - mir ist, als wäre jetzt ein Stampfen darunter - könnte es auch eine ganze Horde sein, die plötzlich in mein Gebiet eingefallen ist und für die meine Falle untauglich ist, eine Hänselherde auf Wanderschaft, die nicht einfach vorüberzieht, vielmehr ein hungriger Haufen, der mehr will als Lebkuchen, etwas nahrhafteres, eine warme Mahlzeit, wie ich sie mir umgekehrt vorgestellt hatte. Wenn sie also allesamt hinter mir her sind und meine Falle nicht taugt, so muss ich sie auf andere Weise unschädlich machen, bevor sie ihren Angriff auf mich starten, zur Not mit Stöcken und Steinen und meinen bloßen Händen will ich die ganze gottverdammte Bande von hanswurstenen Hanselen vernichten und ausrotten, auch wenn mir danach kein Hänsel zum Braten übrigbleibt. Ich lasse ab von meinem Plan, verabschiede mich von meinen Zielen, es ist für mich nichts mehr zu tun in diesem Buchenwald mit seinen Felsbrocken und seinem mageren spärlichen Wild, seiner Grabesstille und meinen verrückten Bauwerken, die zu keinem dauerhaften Erfolg, nicht zu meinem beständigen Wohl taugen. Ich hasse sie, ich hasse sie alle, wie ich sie aufgezählt habe und allen voran diese Hänselbande und auch mich, der diesen Unsinn mitten im Wald veranstaltet hat. Der bisherige Ort des Friedens ist ein Ort der Gefahr geworden. Was jetzt zunächst zu tun wäre, wäre eigentlich, dieses Lebkuchenhaus und den Stall, wenigstens aber meine Wohnstätte auf die Verteidigung hin zu ändern, einen Verteidigungs- und einen zugehörigen Bauplan auszuarbeiten und dann mit der Arbeit gleich, frisch wie ein Junger, zu beginnen, um eine völlige Umkehrung der Verhältnisse zu bewirken. Nur leider fehlt mir die Kraft und der rechte Wille, mein ganzes Werk auf den Kopf zu stellen. Wozu? Ich werde zurückgehen und alles abreißen, mein unvollkommenes Werk durch dessen vollkommene Vernichtung krönen. Ich ignoriere das Geräusch der Hänseltruppe, die sich hinter mir neu formiert und mich unsichtbar, von Baum hinter Baum springend, begleitet auf dem Pfad des Verderbens. Ich schlängele mich durch den Pfad vom Bach zurück, vorbei an meiner Hütte, es ist fast, als überließe ich den Hänseln schon freiwillig mein Heim, hin zu meinen Fallen.

Das Lebkuchenhaus steht unverändert. Habe ich mich an das zischende Pfeifen gewöhnt oder hat es aufgehört? Ich erschrecke vor dem plötzlichen Geräusch, das wohl kaum geendet hat, das ich vielmehr unachtsam gedanklich kurz aus Kopf und Ohren verloren hatte, mache einen unwillkürlichen flüchtenden Schritt nach hinten auf die Falltür, falle hindurch, spüre beim Aufprall erst Verwirrung, dann einen unerwartet heftigen Schmerz. Es scheint, als hätte ich des Guten doch zu viel getan, als ich die Fallhöhe so beträchtlich vergrößert habe. Ich versuche aufzustehen, mein Fuß lässt sich kaum aufstellen, er muss gebrochen sein, mühsam rappele ich mich auf und hinke durch den ansteigenden Tunnel in Richtung des Stalles. Ich weiß wohl am besten, dass es kein Entkommen durch die verschlossene Stalltür gibt, versuche es in meiner Verzweiflung dennoch, sehe mich bestätigt, so unvollkommen war die Falle wohl nicht, humpele zurück in die Grube, mache einige klägliche Versuche, mit einem Bein zur Falltür hochzuspringen, doch auch in dieser Hinsicht habe ich gute Arbeit geleistet mit der Vertiefung. Es hilft nichts, ich sitze in meiner eigenen Falle fest. Nichts bleibt mir, als auf den rettenden Hänsel zu warten, der mich befreit. Wie ich ihn herbeisehne! Aber er kommt nicht. Ich versuche ihn zu locken: »Knusper, knusper, Knäuschen, wer knuspert an meinem Häuschen?« rufe ich heiser. Keiner knuspert an meinem Häuschen. Nur der Regen gibt Antwort und der Wind, der Wind, das himmlische Kind. Das zischende Pfeifen hat aufgehört.

Milton Keynes UK
Ingram Content Group UK Ltd.
UKHW040514021224
451693UK00016B/488

9 783759 706287